HÉSIODE ÉDITIONS

LÉON BLOY

Le Sang du pauvre

Hésiode éditions

© Hésiode éditions.

1 rue Honoré - 93500 Pantin.
ISBN 978-2-493135-80-3
Dépôt légal : Octobre 2022

Impression Books on Demand GmbH

In de Tarpen 42
22848 Norderstedt, Allemagne

Le Sang du pauvre

Le Sang du Pauvre, c'est l'argent. On en vit et on en meurt depuis les siècles. Il résume expressivement toute souffrance. Il est la Gloire, il est la Puissance. Il est la Justice et l'Injustice. Il est la Torture et la Volupté. Il est exécrable et adorable, symbole flagrant et ruisselant du Christ Sauveur, in quo omnia constant.

Le sang du riche est un pus fétide extravasé par les ulcères de Caïn. Le riche est un mauvais pauvre, un guenilleux très puant dont les étoiles ont peur.

La Révélation nous enseigne que Dieu seul est pauvre et que son Fils Unique est l'unique mendiant. « Solus tantummodo Christus est qui in omnium pauperum universitate mendicet », disait Salvien. Son Sang est celui du Pauvre par qui les hommes sont « achetés à grand prix ». Son Sang précieux, infiniment rouge et pur, qui peut tout payer !

Il fallait donc bien que l'argent le représentât : l'argent qu'on donne, qu'on prête, qu'on vend, qu'on gagne ou qu'on vole ; l'argent qui tue et qui vivifie comme la Parole, l'argent qu'on adore, l'eucharistique argent qu'on boit et qu'on mange. Viatique de la curiosité vagabonde et viatique de la mort. Tous les aspects de l'argent sont les aspects du Fils de Dieu suant le Sang par qui tout est assumé.

Faire un livre pour ne dire que cela est une entreprise qui pourra paraître déraisonnable, C'est offrir sa face à tous les bourreaux chrétiens qui déclarent heureux les riches que Jésus a détestés et maudits. Cependant il y a peut-être encore des cœurs vivants dans cet immense fumier des cœurs et c'est pour ceux-là que je veux écrire.

Hier c'était le cataclysme sicilien, prélude ou prodrome de beaucoup d'autres, dernier avis préalable à l'accomplissement des menaces de la Salette. On dit que Messine était une ville superbe, peu éloignée de la Pentapole. Deux cent mille êtres humains y sont morts d'un frisson de la terre. Quelqu'un a-t-il pensé que cent mille tout au plus ont dû être tués sur le coup ? Soit cent mille agonies réparties sur quinze ou vingt jours.

Amoureux de la justice, je veux croire que les riches ont été favorisés de ce privilège, après tant d'autres privilèges, et que cette occasion ne leur a pas été refusée de méditer, dans le vestibule de l'enfer, sur les délices et la solidité des richesses. On a parlé d'une survivante, immobilisée sous les décombres, de qui la main avait été dévorée par son chat enseveli avec elle. Était-ce la « droite » ou la « gauche », cette main faite pour donner, comme toutes les mains ? Oublieuse des affamés, elle avait peut-être servi à nourrir cette seule bête qui lui continuait ainsi sa confiance.

Leçons terribles, si l'on veut, rudimentaires pourtant, mais combien perdues ! Il en faudra de plus terribles et on les sent venir… Le Christianisme est en vain, la Parole de Dieu est En vain, Donc, voici le « Bras pesant » qui fut annoncé, le Bras visible et indiscutable !

Ah ! il en est temps ! Le droit à la richesse, négation effective de l'Évangile, dérision anthrophagique du Rédempteur, est inscrit dans tous les codes. Impossible d'arracher ce ténia sans déchirer les entrailles, et l'opération est urgente. Dieu y pourvoira. – Tu n'as pas le droit de jouir quand ton frère souffre ! hurle, chaque jour, de plus en plus haut, la multitude infinie des désespérés.

Le présent livre sera l'écho de cette clameur.

Paris-Montmartre, 23 Janvier 1909.

Fiançailles de la Sainte Vierge.

I

LA CARTE FUTURE

J'attache une grande importance et une grande idée de gloire à détruire la mendicité.

Napoléon.

J'ai, sous les yeux, une chose de cauchemar, une carte « hypothétique » de l'Europe future qui pourrait être l'Europe de demain, publiée par une revue a l'occasion des tremblements de terre qui ont détruit Messine et Reggio. Scientifiquement, strictement, implacablement, il est déduit ou supposé que l'Europe est désignée pour des bouleversements géologiques, prochains peut-être, inévitables et prodigieux.

« Nos côtes du Midi s'effondreront les premières, jusqu'à ce que la Manche soit réunie à la Méditerranée. » De toute la France orientale il ne restera plus que des lambeaux alpestres ou jurassiques. Le Rhône aura son embouchure dans le département de l'Ain et c'est à Cologne ou Mayence que le Rhin se précipitera dans… l'Atlantique, Plus de Seine, plus de Loire, plus de Garonne. Un gouffre de mer séparera des Pyrénées quelques débris de la France occidentale. Notre Bretagne, toujours indomptée, sera une île et, de l'orgueilleux royaume britannique, submergé comme une Atlantide, subsistera seulement l'Écosse et de misérables rochers d'Irlande.

L'Italie privée de la Lombardie, de la Sicile et des deux tiers de son littoral, ressemblera à la grande arête de quelque horrible poisson dévoré. En haut, l'Islande intacte et saturnienne dans son désert de glaces démesurément agrandi ; la Baltique multipliée par trente Baltiques, désormais navigable au-dessus des plaines de la colossale Russie ; enfin la presqu'île

Scandinave, irrévocablement détachée du continent asiatique, et soudée au continent européen, présentera la figure d'un monstrueux hippocampe saluant le pôle.

Voilà donc la carte de Napoléon qui ne voulait pas qu'il y eût des mendiants en France et qui fit un code célèbre où l'inexistence du pauvre est supposée. On n'avait jamais vu cela dans aucune législation chrétienne. Le pauvre y avait toujours sa place, quelquefois même la place d'honneur qui est la sienne. C'est pourquoi il n'y eut jamais, pour un temps si court, un aussi puissant empire. Napoléon, hélas ! le plus dévorant et le plus adorable des instruments divins, l'homme tout-puissant au cœur immobile, à ce qu'on a prétendu, et qui allait, il ne savait où – il l'a confessé lui-même – ; empereur et roi, souverain maître de l'Occident sous qui tremblèrent tant de peuples ; la voilà donc la carte qu'il croyait savoir par cœur !

Il n'y a plus de Paris, plus de Berlin, plus de Vienne, peut-être, ni de Rome, ni de Moscou. Londres, la seule capitale qu'il n'ait pas conquise, est au fond des mers qu'elle pensait avoir domptées. L'Espagne seule tout entière a surnagé comme un énorme brisant, mais combien triste et lunaire pour son châtiment d'avoir été l'égorgeuse du grand empereur ! Il n'y a plus rien à conquérir, ô mon capitaine qui ne voulais pas qu'il y eût des mendiants. On ne sait même pas s'il reste encore quelques pauvres et, s'il y a des riches, ils ont, maintenant, leurs vraies figures, de démons. C'est fini de ta vieille garde et de ta grande armée dont les sépulcres même sont descendus dans l'abîme avec les champs de bataille et les royaumes disputés. C'est fini de ta gloire et de ta mémoire, C'est fini de tout, excepté de Dieu, parce qu'il est le Pauvre éternel.

Si quelques solitaires malheureux se souviennent de toi encore, c'est parce que tu fus toi-même, à ta manière, le plus grand des pauvres, tu mendiais l'empire du monde et on te l'a refusé. En ce sens les Paroles sacrées du Juge te sont applicables, applicables à toi seul, ô infortuné sans pareil :

– J'ai eu faim de toute la terre et vous ne me l'avez pas donnée à manger ; j'ai eu soif de tout le sang des hommes et vous ne me l'avez pas donné à boire ; j'étais étranger autant qu'un Dieu et vous ne m'avez pas accueilli comme tel ; j'étais nu de l'inexprimable nudité du premier mortel et vous ne m'avez pas vêtu de gloire pour l'éternité ; j'étais infirme de vos désobéissances et mis en prison pour tous ceux qui ne se croyaient pas des captifs, et c'est à peine si deux ou trois cœurs blessés d'amour m'ont visité…

Application téméraire et pourtant certaine du plus redoutable des Textes saints. Il y a des hommes, innocents ou criminels, en qui Dieu semble avoir tout mis, parce qu'ils prolongent son Bras et Napoléon est un de ces hommes.

Je le vois encore et toujours, comme il y a cent ans, penché sur la carte du monde – la carte d'alors – disposant tout pour le Jugement universel, exactement comme le négociant qui fait ses comptes. Car tel est l'unique soin de toute créature à la ressemblance de Dieu : Préparer le Jugement universel.

– L'Angleterre doit disparaître. Les États scandinaves subsisteront, vaille que vaille, pour s'amalgamer comme ils pourront. Cela fera contrepoids au néant. La Prusse redeviendra une servante d'auberge et la Russie, indéfiniment refoulée ; ne sera plus qu'un Cosaque pouilleux dans le désert. Je serai là-dessus comme l'Océan.

– Qu'il en soit, ainsi, prononce le Seigneur.

– Et l'Italie, qu'en ferons-nous ? Je prends Naples, je prends Rome, je prends Venise et le Milanais. Je dévore tout ce qui est à dévorer et je laisse la carcasse aux chiens de Constantinople.

– C'est fort bien, dit la grande Voix qui n'a pas d'écho, mais tu ne toucheras pas à la guenilleuse Espagne. Ses mendiants sont à moi et si tu t'en approches, ils te perceront le cœur avec des couteaux plus fins que les aiguillons des abeilles qui ont cousu ton manteau !

La mendicité est interdite. Il avait biffé le Pauvre et ce fut son attentat – perpétué. Car Dieu étant à ses ordres, il eut le pouvoir de faire le monde a sa propre image. C'est la Carte future. Elle est monstrueuse et paraît avoir été configurée par Satan,

Tout de même, c'est dur. On a beau Vouloir que le Pauvre soit vengé, une Europe sans France est quelque chose de trop infernal. Les soldats eux-mêmes de Napoléon, tout jugés qu'ils sont depuis un siècle, protesteraient.

– Et nous donc, Seigneur ! est-ce que nous n'étions pas les pauvres, les pauvres de ce pauvre qui nous envoyait au massacre, qui nous exterminait de fatigues et de privations, mais qui nous faisait si fiers et que nous chérissions comme un père, comme une mère, comme un petit enfant porté dans les bras à qui tout est permis et pardonné ? Il ne voulait pas d'autres pauvres que nous qui mangions dans sa main et nous étions six cent mille. N'est-ce pas assez, Dieu de miséricorde ? Quand nous mourions dans les tortures, il était notre dernier cri. Le grand Napoléon était pour nous la France, véritablement. Il était nos villages, nos fiancées, nos foyers lointains, nos humbles églises pleines d'images de saints guérisseurs et de vieux vitraux où d'anciens guerriers le représentaient. Il était tout cela pour nous et, malgré la peine, c'était bien vrai que nous donnions, notre vie pour tout cela. Qu'importaient Cadix ou Moscou ? Avec lui nous étions toujours en France, dans une France plus belle que tout ce que les poètes ont pu dire.

Il n'est pas possible qu'elle disparaisse, que vous l'effaciez de la terre. Vous nous la devez bien, notre douce France, les pauvres que nous sommes l'ont payée si cher !…

Oh ! cette carte future et le royaume de Marie, et Napoléon le Grand, et toute l'histoire, et ce sanglot des morts ! Où se cache-t-il donc le va-nu-pieds tout-puissant qui doit succéder à Napoléon et qui réalisera, en une manière que ne peut deviner aucun homme, la divine figure de ce Précurseur ?

II

LA CROIX DE MISÈRE

Terram tenebrosam et opertam mortis caliginæ, terram miseriæ et tenebrarum ubi umbra mortis et nullus ordo, sed sempiternus horror inhabitat.

Job.

La Pauvreté groupe les hommes, la Misère les isole, parce que la pauvreté est de Jésus, la misère du Saint-Esprit.

La Pauvreté est le Relatif, – privation du superflu. La Misère est l'Absolu, – privation du nécessaire.

La Pauvreté est crucifiée, la Misère est la Croix elle-même. Jésus portant la Croix, c'est la Pauvreté portant la Misère. Jésus en croix, c'est la Pauvreté saignant sur la Misère.

Ceux d'entre les riches qui ne sont pas exactement des réprouvés peuvent comprendre la pauvreté, puisqu'ils sont eux-mêmes des pauvres, en un sens ; ils ne peuvent pas comprendre la misère. Capables de l'aumône ; peut-être, incapables du dépouillement, ils s'attendriront, en belle musique, sur Jésus souffrant, mais sa Croix leur fera horreur, la réalité de sa Croix ! Il la leur faut toute en lumière et toute en or, somptueuse et légère, agréable à voir sur une belle gorge de femme.

Prêtres élégants, éloignez d'eux le lit d'amour de Jésus-Christ, la croix misérable, infiniment douloureuse, plantée au milieu d'un charnier de criminels, parmi les ordures et les puanteurs, la vraie Croix simplement hideuse, bonnement infâme, atroce, ignominieuse, parricide, matricide, infanticide ; la croix du renoncement absolu, de l'abandon et du reniement a jamais de tous ceux, quels qu'ils soient, qui n'en veulent pas ; la croix du jeûne exténuant, de l'immolation des sens, du deuil de tout ce qui peut consoler ; la croix du feu, de l'huile bouillante, du plomb fondu, de la lapidation, de la noyade, de l'écorchement, de l'écartellement, de l'intercision, de la dévoration par les animaux féroces, de toutes les tortures imaginées par les bâtards des démons... La Croix noire et basse, au centre d'un désert de peur aussi vaste que le monde ; non plus lumineuse comme dans les images des enfants, mais accablée sous un ciel sombre que n'éclaire pas même la foudre, l'effrayante croix de la Déréliction du Fils de Dieu, la Croix de Misère !

Si ces maudits se contentaient de n'en pas vouloir ! Mais ils prétendent qu'elle n'est pas pour eux, se prévalant de leur argent, qui est le Très-Précieux Sang du Christ, pour y envoyer à leur place le troupeau des pauvres qu'ils ont saignés et désespérés !

Et ils osent parler de charité, prononcer le mot Charité qui est le Nom même de la Troisième Personne divine ! Prostitution des mots à faire peur au diable ! Cette belle dame, qui n'a pas même la loyauté de livrer son corps aux malheureux qu'elle attise, ira, ce soir, montrer tout ce qu'elle pourra de sa blanche viande à sépulcre où frémissent des bijoux pareils à des vers et la faire adorer à des imbéciles, en des fêtes prétendues de charité, à l'occasion de quelque sinistre, pour engraisser un peu plus les requins ou les naufrageurs. La richesse dite chrétienne éjaculant sur la misère !

Dieu souffre tout cela jusqu'à ce soir, qui pourrait être le « Grand Soir », comme disent les nourrissons de l'Anarchie. Cependant il fait jour encore. Il n'est que trois heures, c'est l'heure de l'Immolation du

Pauvre. Les esclaves des mines et des usines travaillent encore. Des millions de bras agissent péniblement sur toute la terre pour la jouissance de quelques hommes et les millions d'âmes, étouffées par l'angoisse de ce labeur, continuent à ne pas savoir qu'il y a un Dieu pour bénir ceux qui les écrasent : le Dieu des luxures et des élégances, dont « le joug est suave et le fardeau si léger » pour les oppresseurs.

C'est vrai qu'il y a des refuges : l'ivrognerie, la prostitution des corps, le suicide ou la folie. Pourquoi la danse ne continuerait-elle pas ?

Mais il n'y a pas de refuge pour l'Indignation de Dieu. C'est une fille hagarde et pleine de faim à qui toutes les portes sont refusées, une vraie fille du désert que nul ne connaît. Les lions au milieu desquels elle a été enfantée sont morts, tués en trahison par la famine et par la vermine. Elle s'est tordue devant tous les seuils, suppliant qu'on l'hébergeât, et il ne s'est trouvé personne pour avoir pitié de l'Indignation de Dieu.

Elle est belle pourtant, mais inséductible et infatigable et elle fait si peur que la terre tremble quand elle passe. L'Indignation de Dieu est en guenilles et n'a presque rien pour cacher sa nudité. Elle va pieds nus, elle est toute en sang et, depuis soixante-trois ans, – cela est terrible – elle n'a plus de larmes ! Ses yeux sont des gouffres sombres et sa bouche ne profère plus une parole. Quand elle rencontre, un prêtre, elle devient plus pâle et plus silencieuse, car les prêtres la condamnent, la trouvant mal vêtue, excessive et peu charitable. Elle sait si bien que tout est inutile désormais ! Elle a pris quelquefois des petits enfants dans ses bras, les offrant au monde, et le monde a jeté ces innocents dans les ordures en lui disant :

– Tu es trop libre pour me plaire ! J'ai des lois, des gendarmes, des huissiers, des propriétaires ! Tu deviendras une fille soumise et tu paieras ton terme.

– Mon terme est proche et je le paierai fort exactement, a répondu l'Indignation de Dieu

III

LE FESTIN

Je suis le froment du Christ. Il faut que je sois moulu sous la dent de ces animaux.

Saint Ignace, martyr.

Ce qu'il y a de meilleur à manger, c'est le pauvre et non pas la langue, ainsi que le prétendait Ésope, à moins que ce ne soit la langue du pauvre, laquelle est eucharistique, essentiellement. Le Sang et la Chair du Pauvre sont les seuls aliments qui puissent nourrir, la substance du riche étant un poison et une pourriture. C'est donc une nécessité d'hygiène que le pauvre soit dévoré par le riche qui trouve cela très bon et qui on redemande Ses enfants sont fortifiés avec du jus de viande de pauvre et sa cuisine est pourvue de pauvre concentré.

Le général Constant de la Ritournelle-des-Creveurs-de-Caisse, philanthrope assermenté, donne un gala pour son trois-centième anniversaire. Il y aura du monde et du plus beau. Le Président de la République y amènera son ventre et ses appendices du Culte et de la Justice. La Flotte même y sera représentée avec le Commerce et l'Industrie, et l'Assistance publique, en déshabillé de crocodile, y conduira l'Armée dans son corbillard. On pourra se croire à Babylone.

Au-dessous de la table étincelante, infiniment au-dessous, dans les ténèbres, il y a un vieux mineur, un très vieux bougre noir qui ne s'est jamais régalé que de charbon. Il a été boucané deux ou trois fois par le grisou. Il lui est arrivé de rester cramponné vingt jours à une croûte de pain, entre un torrent et un brasier, sans une molécule d'air. On ne sait pas comment il n'y laissa que la moitié de sa peau. C'est le plus riant souvenir de sa jeunesse. Anecdote pour les salons. C'est lui qui entretient l'agréable tiédeur du palais de Balthasar. Quand il finira par le feu, l'éboulement ou l'asphyxie, sans cierges ni sacrements, on le remontera au grand jour pour le fourrer immédiatement dans un trou plus sombre et vingt autres prendront sa place. Il y a peut-être une de ses filles parmi les tripes roses qu'avoisinent les jeunes cannibales de la présidence du Conseil. Le citoyen Lahonte, ancien ministre de l'Extérieur et lécheur vanté dans toutes les cours, est à son poste. Il fait l'extra et c'est lui qui offrira aux dames l'entrée savoureuse des abatis de ce vieillard.

Il y a aussi de jeunes et vigoureux pauvres en mer. On ne voit que ça sur la Manche et l'Atlantique. Ceux-là, au moment même où les ventres se mettront à table, pousseront au large, quelque temps qu'il fasse. Ils veilleront et gèleront pour que vous ayez du poisson frais, ô bienheureux de ce monde, et, quand ils iront vous attendre dans l'autre, emportés par un naufrage, le poisson, engraissé de leurs misérables corps, n'en sera que plus délicieux. Vous les mangerez ainsi deux fois. C'est pour cela, sans doute, – il faut le dire en passant – que le poisson est réservé très particulièrement pour les jours de jeûne et d'abstinence qui sont, chez les gens du monde bien pensant, les jours de cuisine suprême, les jours où l'on truffe les maquereaux.

Pour ce qui est du pain, des viandes ou légumes, l'anthropophagie, malheureusement, est moins directe. Cependant c'est encore une fameuse jouissance de pouvoir se dire que cette volaille ou ce gigot qu'on fait descendre sur autre chose, quand on a le tube déjà plein, aurait pu aller a quelque miséreuse famille, à des dizaines d'enfants affamés qui, seuls, ont droit a cette ripaille et qui n'en recevront pas une seule miette. C'est vrai qu'on n'a plus bien faim, surtout les messieurs, après qu'on a mangé plusieurs indigents, mais quelle consolation de savoir qu'on a souillé de sa bouche, et détruit sauvagement, bêtement, malproprement, la subsistance des malheureux, qu'on est des voleurs et des bourreaux et qu'il y a probablement des nègres ou des peaux-rouges qui craindraient la foudre, s'ils accomplissaient une pareille abomination.

Il serait peut-être effrayant de parler des vins. « Le vin réjouit le cœur », est-il écrit, mais non pas les vins, parce que le pluriel, en général, afflige au contraire le cœur de l'homme. Le Vin est un roi qui ne partage pas. Il est le Sang du Fils de Dieu, le Sang du Pauvre, comme l'Argent et d'une manière plus manifeste. Il ne faut donc pas qu'il y en ait plusieurs. Quand on en est rempli, on est plus grand que les astres et on se cogne à la voie lactée. « La vérité est en lui », par conséquent les belles colères, les indignations immenses qui rompent les digues, la sainte force qui assiège les donjons des cieux.

Le vin est « généreux » et il fait « voir Dieu quand il est pur ». Les vins sont impurs, dégradants pour l'énergie, désastreux pour la colère. Alexandre devait avoir bu plusieurs vins quand il tua Clitus pour en mourir de tristesse en perdant tous ses empires. C'est le choix du monde, le choix du riche, naturellement ennemi de l'unité, comme de la grandeur, de la beauté ou de la bonté. Les voyez-vous, ces réprouvés, avec leurs gammes de verres, buvant tour à tour le vin des amants, le vin des adultères, le vin de l'assassin et de l'incendiaire, le vin des filles et du désespoir, le vin de la Peur, – le sang de Judas et le Sang du Christ mélangés !

Pourquoi ai-je nommé Balthasar ? Ces convives sont vraiment trop peu bibliques. Il n'y a pas moyen de leur présenter Daniel qui était sans doute mal vêtu. Ils seront traités autrement que les commensaux du roi d'Asie, On ne leur parlera pas en lettres de feu sur la muraille. Un Vagabond qu'ils ne savent pas les déshabillera d'un seul regard et leur nudité sera si épouvantable qu'ils demanderont en vain la permission de se cacher sous les guenilles des derniers mendiants, de se nourrir du crottin des plus fangeux animaux et de boire la sueur des chameaux atteints de la peste. Ce jour-là sera le commencement d'un sale déluge.

IV

L'EMBARQUEMENT POUR CYTHÈRE

Nulla discretio inter cadavera mortuorum nisi forte quod gravius fœtent divitum corpora, luxuria distenta.

Saint Ambroise.

Un homme riche est rencontré au seuil d'un mont-de-piété. – Que faites-vous ici ? Vous ne venez sans doute pas pour engager. – Je cherche une occasion. On rencontre quelque fois de petites femmes aimables privées d'amis et forcées par la misère de mettre en gage ce qu'elles peuvent avoir de plus précieux. Il y en a qui pleurent, ce qui les rend plus jolies. On se fait leur sauveur et neuf fois sur dix, en s'y prenant bien, on en est récompensé. Cela ne coûte pas cher et on a fait une bonne action.

On ne sait pas le nombre de ces bienfaiteurs qui n'ambitionnent pas la publicité et qu'on désobligerait en les divulguant. Tout porte à croire qu'ils sont très-nombreux. On sait que les patrons ou chefs d'emploi, dans le commerce ou l'industrie, pour ne rien dire des administrations les plus respectables, sont, assez ordinairement, des sauveurs en cette manière. Les anglo-saxons ne sont pas seuls à pratiquer ainsi l'Évangile.

– Tu as faim, ma pauvre fille, tu as faim pour toi et, peut-être, pour d'autres qui te sont chers. Eh ! bien, tu as de la chance d'être tombée sur un homme généreux ! Voici du pain, il est à toi, seulement tu le ramasseras dans mon ordure.

Jésus est sur sa Croix de misère et il voit ces choses. Il en voit d'autres que ne peuvent pas voir les hommes. Il voit de tels actes aller dans l'Infini et il voit le majestueux abîme de son Épouvante, à Lui. C'est donc pour cela qu'il a souffert et qu'il a eu peur, ainsi qu'il est raconté dans sa Passion ! Je ne pense pas que l'Imitation parle de cette peur de Jésus qui a certainement dépassé toutes les peurs, mais qui devrait pourtant être imitable, comme tout le reste. L'imitation de la Peur qui fait suer le sang ! Seulement il faudrait savoir et croire que nous sommes, en réalité, des créatures divines, infiniment importantes et incalculables, des « Dieux » ! Ego dixi : Dii estis. Or, nous ignorons et renions infiniment et incalculablement, comme des faux dieux.

Le xviiie siècle, par une profanation héroïque du sons des mots, a beaucoup parlé d'amour. « Tu l'as connu, ce péché si charmant... » Un art fétide et défigurant, sans force ni profondeur, même du côté où commence l'asphyxie, a traduit exactement les âmes de cette époque. Il y a encore des fabricants de fécule ou de suif de vache qui sont passionnés pour Watteau et pour Fragonard. Assurément la concupiscence charogneuse du roman célèbre de Laclos n'a pas la netteté ferme, la franchise de collier du maquignonnage cité plus haut. Mais c'est toute la différence. On est tous des cochons féroces et la misère dont abuse chiennement le flaireur du mont-de-piété, les Faublas et les Héloïses des fêtes galantes veulent absolument n'en rien savoir.

Sur le chemin de Cythère, un peu avant la guillotine où tout ce beau monde fit escale, il y avait le Hameau de Marie-Antoinette, où la pauvre reine, en robe de percale blanche et fichu de gaze, allait voir traire les vaches, idylle villageoise qui avait coûté cent mille écus. C'était l'extrême concession. Tous les bergers de France devaient avoir des houlettes et garder bucoliquement des moutons enrubannés, dans des paysages de frontispice, en jouant de la flûte avec des bergères couronnées de roses...

Aujourd'hui que la géographie est mieux connue, on s'embarque sûr d'autres bateaux. On sait positivement que le pauvre existe et qu'il est en viande. Cela suffit pour la table et pour l'alcôve. Le miséreux est un condiment, il a la valeur d'une truffe ou d'un aphrodisiaque. – Écrase-moi ce vieux, dit la baronne à son chauffeur, et j'irai de mon voyage.

Sur sa montagne de la Salette, Celle qui pleure est devenue de bronze. Reine pauvre et Mère très pure du Père des pauvres, Elle veut ignorer à son tour ceux qui les ignorent. Qui peut les ignorer d'une ignorance plus complète que ces effrayantes brutes, mâles et femelles, occupées uniquement à se verser, les unes dans les autres, la purulence de leurs âmes reçues en vain ? Le gaspillage homicide, l'inutilité de l'argent déjà souillé par toutes les fanges, le Sang même du Pauvre des pauvres dont l'argent n'est que la figure servant à cela ! Et les mains des Anges étendues sur les claviers des ouragans !

Avez-vous vu aux Enfants assistés, dans une longue et lugubre salle, cette double ou quadruple rangée de bancs où sont assis, pour attendre je ne sais quoi, les petits abandonnés ? Il y en a des dizaines, plus ou moins, selon les temps et les jours. Ils ont de trois a cinq ans et ils pleurent.

Ce sont les débarqués de Cythère.

Quand passent des étrangers, les pauvres petits tendent les bras en sanglotant. Il y en a qui disent papa ou maman, croyant reconnaître quelqu'un, et je pense que c'est ce qu'on peut voir de plus poignant sur la terre. Ces tendres parmi les plus faibles sont sous la molaire de l'Assistance et ils cesseront bientôt de pleurer. L'Administration aux mamelles arides se charge de tarir leurs larmes, comme on a tari les Larmes de la Vierge douloureuse. Leurs petits sanglots ne deviendront pas même des bouillons de désespoir. S'ils n'ont pas le bonheur de mourir très vite, on en fera des machines sèches de production infernale.

Le droit à l'innocence qui est le droit régalien de l'enfance et sa loi des Douze Tables, on les en privera, si c'est possible, dès le premier jour. Leurs blancs Anges gardiens seront remplacés par des démons. Quand ils auront l'âge de voyager, ils s'embarqueront, à leur tour, pour une Cythère que Watteau n'a pas prévue et que ne parfument pas les orangers des Cyclades. Ils pousseront même jusqu'à Sodome qui n'en est pas loin et la guillotine, comme autrefois, complétera le tableau champêtre.

Voilà votre peuple, Reine aux yeux de bronze, Reine du Silence et de la Solitude qui pleurâtes en vain sur la Montagne.

V

LE DÉSIR DES PAUVRES

La Règle de notre Ordre nous défend de faire l'aumône

Un Père de l'Assomption.
J'ai connu un garde-chiourme qui se nommait Monsieur Désir.

Ce qui doit, un jour, accuser si terriblement les riches, c'est le Désir des pauvres. Voici un millionnaire qui détient, inutilement pour lui, ou qui dépense en une minute, pour une fantaisie vaine, ce qui, durant cinquante ou soixante ans, a été l'objet des vœux désespérés d'un pauvre homme. Rien qu'en France, il y en a des centaines de mille, car il n'est pas nécessaire qu'ils aient des millions. Tout homme qui possède au delà de ce qui est indispensable à sa vie matérielle et spirituelle est un millionnaire, par conséquent un débiteur de ceux qui ne possèdent rien.

Nul n'a droit au superflu, excepté le Fils de Dieu incarné. Celui-là fut privilégié au delà de tout ce qui peut être dit ou imaginé, au point que son privilège n'a pu être connu que par révélation. « Le nombre des coups de fouet que reçut le Sauveur, depuis les pieds jusqu'à la tête », dit la célèbre voyante d'Agreda, « fut de 5115 » ! Quelques autres ont été plus loin. Or, la terrible flagellation romaine, telle qu'on l'appliquait en Judée, ne devait pas dépasser 39, quadragenas una minus. Tel était le Désir exorbitant du

Roi des pauvres, son superflu ! On ne sait rien du chiffre des soufflets, des coups de poing et des crachats, mais il est présumable qu'il dut être en proportion.

Le désir de l'homme, c'est l'homme lui-même et le désir de l'Homme-Dieu était naturellement de satisfaire pour tous les hommes, à quelque prix que fut le miracle. De ce point de vue le désir du riche devrait être, au moins, son nécessaire des souffrances du pauvre, et celui du pauvre son nécessaire du superflu des consolations dont le riche est accablé.

Existe-t-il un seul prêtre qui oserait prêcher sur ce texte : « Væ vobis divitibus quia habetis consolationem vestram ! Malheur à vous, riches, qui avez votre consolation ! » ? C'est trop grave, trop évangélique, trop peu charitable. Les riches n'entendent pas que les pauvres aient des consolations ou des plaisirs. L'idée qu'un indigent aura acheté du tabac ou pris une tasse de café leur est insupportable. Ils ont raison, sans le savoir, puisque les pauvres souffrent pour eux. Mais ils gardent leur consolation à eux, leur consolation épouvantable, et quelle agonie lorsque, devant expirer, par des compensations indicibles, chaque parcelle de leur homicide richesse, ils verront s'avancer sur eux cette montagne de tourments !

Consolationem vestram. Quelle désolation inverse est impliquée par ce mot ineffaçable et quel désir de l'autre côté ! Le désir d'avoir du pain, d'avoir un peu de ce bon vin qui réjouit le cœur, le désir des fleurs et de l'air des champs, de tout ce que Dieu a créé pour les hommes, sans distinction ; le désir au moins du repos après le labeur, quand sonne l'Angélus du soir. – Mes enfants, ma femme vont mourir, condamnés par des milliers de mes frères qui les sauveraient en donnant seulement la pitance d'un de leurs chiens. Moi-même je n'en peux plus et je suis comme si je n'avais pas une urne précieuse, une âme de gloire que les cieux ne rempliraient pas, mais que l'avarice des premiers-nés du Démon a faite aveugle, sourde et muette. Cependant ils n'ont pas pu tuer le désir qui me torture !…

Une pauvre vieille doit une dizaine de francs à une dame de charité qui lui dit : – Vous ne pouvez pas me donner d'argent, vous me donnerez votre travail. La malheureuse, pleine du désir de s'acquitter, travaille donc, faisant le ménage, le savonnage, la cuisine, la couture. Les semaines, les mois, les années passent ainsi. La mort arrive. Elle doit toujours dix francs et une reconnaissance éternelle.

La méchanceté la plus horrible est d'opprimer les faibles, ceux qui ne peuvent pas se défendre. Prendre le pain d'un enfant ou d'un vieillard, par exemple, et combien d'autres iniquités du même genre dont la seule pensée crève le cœur, c'est tout cela qui doit être strictement, rigoureusement, éternellement reproché aux riches.

J'en sais deux, que je pourrais nommer, l'homme et la femme. Ceux-là exigent de leur bonne, souvent renouvelée – l'indignation et l'horreur la mettant bientôt en fuite – qu'elle jette dans la boîte aux ordures tous les restes, quelquefois importants, de leur table, viandes ou poissons à peine entamés. Ordre formel de les déchiqueter, de les souiller d'excréments ou de pétrole, pour que nul n'en puisse profiter, pas même les chiens et les rats. Même injonction et même contrôle pour les vêtements hors d'usage. Ces gens mangent à peine. Leur régal, c'est le désir et la déception des affamés.

J'ai parlé de la prostitution du mot charité, sottement et diaboliquement substitué au nom plus humble de l'aumône. Quand on n'est pas exactement un méchant, on fait l'aumône, qui consiste à donner une part très faible de son superflu, – volupté d'attiser le désir sans le satisfaire. L'aumônier donne les autres, c'est-à-dire ce qui appartient aux autres, son superflu. Le charitable se donne lui-même en donnant son nécessaire et, par là, le désir du pauvre est éteint. C'est l'Évangile et il n'y en a pas d'autre. Jésus qui a donné sa Chair et son Sang a promis à ses Apôtres qu'ils seront les juges de la terre. L'apôtre Judas qui a rendu l'argent sera donc le juge de ceux qui crèvent sans le rendre. La locution crever et même « crever par le ventre » doit avoir son origine dans la mort du Traître et convient admirablement à la mort des riches.

On veut, à toute force, que l'Évangile ait parlé d'un mauvais riche, comme s'il pouvait y en avoir de bons. Le texte est pourtant bien clair : homo dives « un riche », sans épithète. Il serait temps de discréditer ce pléonasme qui ne tend à rien moins qu'à dénaturer, au profit des mangeurs de pauvres, l'enseignement évangélique.

Un mauvais riche, si on tient à rapprocher ces deux mots, est comme un mauvais fonctionnaire ou un mauvais ouvrier, c'est-à-dire un individu ne sachant pas son métier ou infidèle à sa fonction. Le mauvais riche est celui qui donne et qui, à force de donner, devient un pauvre, « un homme de désir », ainsi que le prophète Daniel qui préfigura Jésus-Christ.

Le Désir du pauvre est facilement assimilable au désir plus ou moins impur qu'on peut avoir pour une femme coquette qui ne veut pas se donner. Une superfine expérience de l'abomination du monde n'est pas nécessaire pour savoir ou deviner ce que peut faire souffrir la déloyauté d'une chienne de femme qui s'offre sans cesse pour se refuser toujours. On a vu de très nobles hommes en mourir. L'ostentation de la richesse est un homicide semblable, quand elle n'est pas un féroce et dangereux défi. On peut combler toute mesure de prévarication et mettre bas, tous les jours, contre soi-même, une ventrée de fureurs ; il ne faut pas toucher au Désir des pauvres qui est la pupille de l'Œil de Dieu, la Plaie du Côté, par où jaillissent les dernières gouttes du dernier ruisseau du Sang de son Fils.

La dérision du Désir des pauvres est l'iniquité impardonnable, puisqu'elle est l'attentat contre la suprême étincelle du flambeau qui fume encore et qu'il est tant recommandé de ne pas éteindre. C'est violer le refuge du lamentable Lazare qu'Abraham cache dans son sein.

VI

LE VERRE D'EAU

Cette eau, mon Sauveur, cette eau vive que vous promîtes à la Samaritaine prostituée, donnez-la moi...

Léon Bloy, La Femme pauvre.

L'homme est situé si près de Dieu que le mot pauvre est une expression de tendresse. Lorsque le cœur crève de compassion ou d'amour, lorsqu'on ne peut presque plus retenir ses larmes, c'est le mot qui vient sur les lèvres.

Ce Lazare dont il vient d'être parlé n'est pas seulement le type évangélique du Mendiant que Dieu chérit par opposition au Riche glouton et voluptueux qu'il a maudit. Il en est le prototype. Ce Lazare est le fils de Dieu lui-même, Jésus-Christ « dans le sein d'Abraham » où il est « porté par les Anges ». Il est gisant à la porte du monde et couvert de plaies. Il voudrait bien se rassasier des miettes qui tombent de la table où ce riche fait ripaille de sa Substance, et nul ne lui en donne. C'est tout juste s'il n'est pas dévoré par les chiens.

On pourrait croire que ce riche et ce pauvre ne peuvent pas être plus séparés. Mais, pour tous deux arrive la mort qui les sépare bien autrement, comme le corps de l'âme, et le grand « Chaos » s'interpose, mystérieux et infranchissable abîme qu'aucun homme n'a pu concevoir – la Mort elle-même, à jamais incompréhensible. Le riche, alors, du milieu de tourments atroces inversement préfigurés par les délices de sa table, implore le mendiant glorieux, n'osant pas même lui demander toute l'eau froide contenue dans le « calice » de l'Évangile, mais seulement une goutte de cette eau, à l'extrémité du doigt, pour le rafraîchissement de sa langue, et c'est sur l'intercession d'Abraham qu'il compte pour l'obtenir. Il ne peut pas tomber plus mal. Abraham objecte l'abîme. — C'est ton refus qui est cet abîme. Lazare ne t'en demandait pas plus quand tu jouissais de ses tortures. Ta consolation inexorable est devenue sienne et il n'y a plus rien à faire.

Le verre d'eau de l'Évangile ! On en a fait un lieu commun, ainsi que de beaucoup d'autres Paroles. On a souvent parlé d'une jeune fille buvant un verre de sang pour sauver son père et la sentimentalité, créatrice probable de cette légende, n'a pas manqué de crier à l'héroïsme. Ce verre de sang, qui ne pouvait que rafraîchir le teint d'une vierge décolorée dans les prisons de la Terreur, fut, sans doute, pour le vieillard menacé d'une mort affreuse, le verre d'eau de l'Évangile.

Il y a mieux. C'est le verre plein des larmes de la compassion, l'humble parole d'un cœur qui tremble d'amour et qui ne peut donner que cela, le geste du petit enfant soulevé par sa mère au-dessus d'une foule immonde, sur le chemin de la guillotine et envoyant un baiser à la pauvre reine qui va mourir. Ah ! n'importe quoi de n'importe qui, fût-ce d'une bête, quand on est accablé de peine ! Les malheureux savent bien que c'est ce qu'il y a de plus précieux.

— J'ai besoin d'un puissant secours et vous m'en donnez un très-faible, mais je sais que c'est tout ce que vous pouvez, et ce peu vous me l'offrez dans le calice de diamant qui est votre cœur. « Vous aurez votre récompense » a dit le Maître, et moi je vous dis que je serai ivre de cette eau pendant la Vie éternelle. Le verre d'eau a tant de prix que, même s'il est donné par quelqu'un qui pourrait mieux faire, il a encore une Valeur inestimable.

Vous voulez faire de moi un prince, la semaine prochaine, et j'avoue que j'en suis charmé. Une couronne m'irait à ravir ; mais, en attendant, ne pourriez-vous me donner une pièce de cinquante centimes qui comblerait, en ce moment, tous mes vœux ? Il y a là, sur ce comptoir, une bouteille de vin dont je suis séparé par le vaste abîme de la Parabole. Elle vous coûterait moins que le verre d'eau, que la goutte d'eau du doigt de Lazare, qui avait souffert toute sa vie pour avoir le droit de la refuser. Mais vous ne me la donnez pas, cette goutte dont le désir exaspère mes vieux tourments, parce que vous êtes gavé, parce que vous n'avez connu ni faim ni soif, et nous voici, cher monsieur, des deux côtés du Chaos !

VII

LES AMIS DE JOB

Il n'existe pas d'imbécile qui n'ait été mis au monde pour me nuire.

Wells.

Ce travail ne serait pas complet, si je ne disais rien de la puissance de l'argent pour déprimer et avilir ceux qui le possèdent ou qui croient le posséder. L'infériorité intellectuelle ou morale est une conséquence trop banale de la richesse pour qu'il soit expédient de la remarquer. L'ignorance de la pauvreté paraît plus abrutissante que l'ignorance même de Dieu, car il y a des pauvres sans Dieu qu'on ne mène pas facilement au pâturage.

Les lois veulent qu'il y ait des enfants riches condamnés par leur naissance et par leur éducation à ne jamais savoir ce que c'est que la pauvreté. Il serait moins inhumain de leur crever les yeux et de les châtrer, pour qu'à leur tour ils ne procréassent pas des monstres. Sans doute on ne peut leur cacher qu'il y a des pauvres, mais comme il y a des bêtes puantes ou venimeuses qu'il faut écarter avec le plus grand soin. Si la famille a la tradition des bonnes formules, si elle a du style chrétien, l'enfant riche recevra d'un précepteur ecclésiastique cet enseignement primordial que l'indigence fut instituée pour son décor, qu'elle est un repoussoir agréable et nécessaire qu'il convient d'apprécier à sa valeur ; qu'au surplus la miséricorde pratiquée sans intempérance a le double avantage d'être l'accomplissement d'un conseil évangélique et d'attirer la bénédiction sur les capitaux. Et c'est tout, absolument tout, pour le temps et l'éternité.

Ainsi se forment les imbéciles dont se pare le front altier de la centenaire catin qui fut autrefois la vierge chrétienne. Que voulez-vous qu'on dise à des gens qui méprisent le travail et la souffrance des autres, se croyant eux-mêmes les lys de Salomon qui ne labourent ni ne filent ; à des fainéants immondes, à des animaux de sport, à des automobilistes écraseurs qui ne savent rien, qui ne désirent rien que de retourner à leur ordure ; qui ne peuvent rien, sinon répandre, sous forme d'argent volé à tous les malheureux de ce monde, le très précieux Sang du Christ dans la boue des grands chemins, dans la boue des âmes, et qui, tout de même, se persuadent qu'ils sont les aînés et les bien-aimés !

Ah ! Jésus, humble et doux enfant de l'Étable, pourquoi eûtes-vous peur à Gethsemani ? L'Ange confortateur ne vous présenta-t-il pas la rafraîchissante vision de ces soutiens à venir de votre trône et de votre autel ? Pourquoi trembler et pourquoi frémir, ô Rédempteur ? Ils sont là les amis de Job, vos véritables et seuls amis. Ils veillent pour se soûler, ils prient à genoux les plus antiques salopes et, certainement, si la tentation leur arrive, ce ne sera pas celle de donner tous leurs biens aux pauvres. Rassurez-vous donc, Seigneur, et faites-vous crucifier avec allégresse, le monde est sauvé !

Il faudrait une harpe pour chanter convenablement la sottise et la vilenie de ces bien pensants de la bonne presse et du bon suffrage. Cependant on a beau voir et savoir, c'est incompréhensible et surpassant. Qu'on soit chrétien ou adorateur d'idoles, il est inconcevable qu'on ne pense pas à la mort, non plus qu'à cet état impossible à conjecturer qui a précédé la vie. « Nous n'avons rien apporté dans ce monde et il est certain que nous n'en pouvons rien emporter ». Tel est le Texte que je ne donne pas en latin, par égard pour ces messieurs du sport. Alors que signifient les notaires, les tuteurs, les gendarmes, les huissiers, les croque-morts et toutes les lois ? Que signifie la propriété et que signifie l'héritage ou la succession de ce misérable qui s'en va tout nu sous la terre ?

– Tu as cent millions, un souffle passe et te voilà comme un ver. On ne te laissera rien, mais rien, tu peux y compter. – Dans l'espace de quelques minutes, belle dame vous serez une charogne. Il y avait, à votre porte, un pauvre homme qui vous priait, par votre ange gardien, de l'aider à glorifier Dieu et cela vous eût été bien facile. Mais vous étiez attendue chez une autre dame, sans doute, et vous avez failli écraser ce mendiant sous votre voiture. C'était votre droit. Le curé de votre paroisse vous admire et vous avez le saint sacrement dans votre hôtel, au fond d'un oratoire où se répand quelquefois le superflu de votre cœur. Les larbins et les invités en habit noir, et aussi quelques aimables personnes décolletées passent devant la porte entre-baillée de ce sanctuaire. Vraiment je ne comprends pas que votre chauffeur ait aussi maladroitement raté le poète. Mais, tout de même, vous êtes une charogne et vous le serez de plus en plus. Ah ! si c'était possible encore, que ne donneriez-vous pas pour contenter ce malheureux, pour fermer sa bouche accusatrice et vociferatrice contre vous ? Or, cela est impossible, à jamais impossible. Votre seule excuse, à supposer que Dieu s'en contente, – comme le poète – c'est que vous êtes une idiote pour l'éternité.

L'infirmité de l'intelligence, chez ces maudits, est adéquate à la dépression des âmes. Eussiez-vous le don de persuasion d'un archange, l'entreprise la plus téméraire serait bien certainement de leur faire comprendre que leur richesse ne leur appartient absolument pas, qu'ils n'y ont aucun droit, sinon par la malice des démons inspirateurs des lois de ce monde et, surtout, par la permission mystérieuse et très-redoutable de Dieu qui se plaît à les confronter ainsi avec leurs victimes, leurs créanciers et leurs juges. Ils ne comprennent pas et ne comprendront jamais, même en enfer, où les poursuivra l'interminable cécité de leur sottise et de leur orgueil.

VIII

LES PRÊTRES MONDAINS

Les prêtres sont devenus des cloaques d'impureté.

La Sainte Vierge.

« Il en faut dix pour faire la douzaine », disent les marchands de cochons. Le total de cinquante prêtres mondains ne ferait pas même un seul Judas, un Judas qui rend l'argent et qui se pend de désespoir. Ceux-là sont franchement épouvantables. C'est par eux que le riche est solidifié, comme la glace par l'acide sulfurique.

C'est le prêtre mondain qui dit au riche : « Il y aura toujours des pauvres parmi vous », abusant pour le damner un peu plus, de la parole même de Jésus-Christ. Il est nécessaire qu'il y ait des pauvres et, s'il n'y en a pas assez, il faut en faire. « Heureux les pauvres », est-il dit encore. En les multipliant, vous multiplierez le nombre des heureux. Et comme l'exemple donne force au précepte, il convient que de tels apôtres soient riches eux-mêmes ou qu'ils le deviennent par le moyen de la maîtrise ou de la domesticité chez les millionnaires.

Jésus est sur l'autel, dans son tabernacle. Qu'il y reste. Nous autres, les ministres, nous sommes à notre affaire qui est d'attraper de l'argent par tous les moyens compatibles ou incompatibles avec la dignité de notre soutane. Les pauvres doivent se résigner. Dieu leur mesure le vent comme à la brebis tondue. Et les riches doivent se résigner aussi. Chacun son fardeau. Il serait injuste et déraisonnable d'exiger qu'ils prissent le fardeau des pauvres en les écrasant du leur.

Si vous avez des millions, mon très-cher frère, c'est un dépôt que la sagesse divine vous a confié. Vous devez le conserver intact pour vos enfants, le faire fructifier, autant que possible, par des placements judicieux que le ciel ne manquera pas de bénir, si vous vous gardez avec soin des entraînements téméraires d'une charité mal entendue. Quinque alia quinque. Cent pour cent comme dans la parabole des talents. C'est le taux de la vertu. Nous vous guiderons, d'ailleurs, bien volontiers, ayant plusieurs tuyaux à nos orgues. Si, par manque de foi, les affaires conseillées par nous ne vous réussissaient pas, vous aurez du moins la consolation de savoir qu'elles ne sont jamais sans récompense pour ceux d'entre nous qui savent dégraisser le bouillon.

La richesse est agréable au Seigneur et c'est pour cela qu'il en a comblé Salomon. Le Væ divitibus que prétendent nous opposer quelques anarchistes est une erreur visible de transcription, introduite vraisemblablement par l'un ou l'autre de ces moines bâtés et pouilleux qui déshonorèrent si longtemps l'Église. Il était urgent de remettre les choses à leur place et le clergé s'en occupe avec diligence. À la porte les pauvres, ou du moins très-près de la porte, dans les bousculades et les courants d'air. Il est inutile qu'ils voient l'autel. Les paroissiens à surface le voient pour eux. Cela suffit. Voudrait-on que des ouvriers ou des mendiants en cheveux s'agenouillassent à la place des pénitentes du curé, sur la peluche ou le satin de leur prie-Dieu, pendant que ces dames seraient reléguées au bas de la nef, dans le voisinage du trottoir ?! Il y a heureusement quelques-unes de nos églises paroissiales, et non des moins pieuses, où les gens mal vêtus ne sont admis à la communion qu'à des messes furtives et sans importance, chuchotées par des prêtres surnuméraires, à de tout petits autels peu éclairés.

D'ailleurs, il y a, ne l'oublions pas, les grands enterrements où la fripouille ne peut être admise. Quand l'Apôtre dit que le mariage est un « grand sacrement », il faut l'entendre des riches mariages. Autrement cette parole n'aurait pas de sens. Il n'y a de grand que ce qui rapporte. Le mariage de la Sainte Vierge et de Saint Joseph a dû être un tout petit mariage.

Le mieux qu'on puisse faire, c'est de n'en rien dire. Sem et Japhet furent loués pour avoir caché sous un manteau la nudité de leur père. Il y a enfin les quêtes qui sont l'implicite congé du pauvre, les quêtes saintes et profitables, dernier mot de la théologie purgative, intuitive et illuminative.

Le prêtre mondain est infiniment précieux pour les riches. Avec lui pas moyen de s'ennuyer une minute. Le salut, quoi qu'on fasse, est assuré. Il suffit de diriger l'intention. Tout est là. Soûlez-vous avec l'intention d'être sobre. Forniquez avec des élans de pureté. Soyez adultère, s'il le faut, pour mieux apprécier le bonheur d'être fidèle, etc. Félix culpa. Évidemment ce catéchisme n'est pas pour les pauvres qui en feraient un mauvais usage et qui doivent, dans tout les cas, être jugulés pour leur plus grand bien. Le pauvre, s'il est chrétien par ses pratiques, – ce qu'on peut difficilement admettre – a le devoir de jeûner exactement aux jours prescrits et même tous les jours de l'année, sans interruption. Le chrétien riche est un héros et même un martyr, s'il remplace le dindon truffé par la poule d'eau ou la truite saumonée, en temps de carême, et l'abbé mondain partage volontiers son abstinence. Combien d'autres choses encore ! mais qui peut tout dire ? L'essentiel devant Dieu et devant les hommes, devant les hommes surtout, c'est la ligne de démarcation et messieurs les prêtres mondains la tracent d'un doigt aussi lumineux et non moins inexorable que celui de Moïse écrivant le Décalogue sur les Deux Tables de pierre.

Reste à savoir si ces législateurs « parlent à Dieu face à face, comme un ami parle à un ami ». Il est à craindre, j'ose le dire, que la question ne soit pendante. Cela est, en vérité, fort à craindre. On a beau adorer la richesse, il y a, tout de même, un préjugé tenace qui milite obstinément pour la pauvreté. C'est comme si la très-modeste lance qui perça Jésus avait percé tous les cœurs. Cette plaie ne se ferme pas depuis vingt siècles. Il y a les lamentables sans nombre, femmes, vieillards, petits enfants ; il y a les vivants et les morts. Tout ce peuple saigne, toute cette multitude jette sang et eau au milieu de la Croix de misère, en Orient, en Occident, sous tous les ciels, sous tous les bourreaux, sous tous les fléaux, parmi les tempêtes des hommes et les tempêtes de la nature, – depuis si longtemps ! C'est la pauvreté, cela, l'immense pauvreté du monde, la totale et universelle pauvreté de Jésus-Christ ! Il faut bien que cela compte et que cela se récupère !

Il y a aussi les prêtres qui ne sont pas du monde, les prêtres pauvres ou les pauvres prêtres, comme on voudra les nommer, qui ne savent pas ce que c'est que de n'être pas un pauvre, n'ayant jamais vu que le Christ crucifié. Pour ceux-là, il n'y a pas de riches ni de pauvres ; il n'y a que des aveugles, en nombre infini, et un petit troupeau de clairvoyants dont ils sont les humbles pasteurs. Ils sont ensemble, comme les Hébreux de Gessen, seuls dans la lumière, au milieu des ténèbres palpables de la vieille Égypte. Quand ils étendent les bras pour prier, l'extrémité de leurs doigts touche les ténèbres.

Autour d'eux, un océan d'âmes « dans la nuit encloses, se sont couchées sous des toits de ténèbres, fugitives de la perpétuelle Providence, dispersées sous un obscur voile d'oubli, horriblement épouvantées. Même la caverne qui les contient ne les garde pas sans crainte... Aucune force de feu ne leur peut donner de lumière et les claires flammes des étoiles ne peuvent illuminer leur affreuse nuit... Car ceux qui promettaient de chasser les peurs et perturbations des âmes languissantes, dérisoirement languissent eux-mêmes, pleins de terreur... »

Les prêtres mondains, ceux-là que la Vierge aux Sept Glaives a nommés de sa bouche des « cloaques d'impureté », haïssent et méprisent ceux-ci, nécessairement, du fond de leur nuit. Tant qu'ils peuvent, il les injurient, les calomnient, les interdisent, les affament, s'efforçant de les capturer dans les mailles noires de leur cécité, les lapidant à tâtons de leurs excréments. Mais, pour parler comme Dante, les pauvres « se cachent dans la lumière ».

IX

CEUX QUI PAIENT

Je me suis demandé souvent quelle pouvait être la différence entre la charité de tant de chrétiens et la méchanceté des démons.

En ce temps d'oiseux propos sur l'abolition ou la non abolition de la peine de mort, à laquelle tous les hommes, depuis Adam, sont condamnés sans commutation ni recours en grâce, il m'est arrivé d'entendre un prédicateur qui parlait de je ne sais quoi. Ce prêtre, peu éloquent mais entraîné, s'emporta jusqu'à vociférer contre certains criminels qui attendaient, depuis des mois, l'exécution, à ce moment-là très-prochaine, de leur sentence. Il les traita de « bandits » indignes de miséricorde et manifesta son impatience de voir tomber leurs têtes coupables. Cela se passait dans une Basilique fameuse.

À partir du mot bandits, il me fut impossible d'entendre autre chose qu'une voix intérieure, dominatrice implacable :

– Regarde donc à tes pieds, bavard mécanique ; sans clairvoyance ni charité. Si tu le peux encore, aveugle conducteur d'aveugles, regarde ce troupeau à canailles qui t'écoute et qui jouit de l'absolution que tu lui donnes, en flétrissant de ta bouche d'autres canailles plus évidentes et moins respectueuses des lois de l'argent. Tu n'es peut-être pas un bandit toi-même et, pourtant, vois ce que tu fais. Ces têtes qu'on va couper et pour lesquelles ton Dieu a souffert autant que pour la tienne, tu en promets, tu en donnes d'avance le sang à boire à des animaux féroces.

Vois cette dévote à museau de crocodile dont la gueule de médisance a dévoré vingt réputations ; vois cette pénitente à figure d'hyène affamée, cramponnée à tous les confessionnaux, ouvrière d'épouvante et provocatrice de malheur, qui travaille, dix heures par jour, à se confectionner un cilice avec de la corde de pendu ; et cette autre, mangeuse d'innocences et mangeuse d'eucharistie, qui n'a pas d'égale pour flairer les cœurs en putréfaction. Vois cette propriétaire, soularde et omnipotente, mais précieuse et sans couture, qui se pourlèche en songeant à l'agonie des locataires malheureux qui s'exterminent pour son estomac de vautour femelle et pour son boyau culier. Vois ces rangs de mouflons et de tapirs, ces fanons, ces crêtes, ces caroncules de commerçants estimables et recueillis. Mais surtout – oh ! je t'en prie – vois ces vierges de bourgeois, ces jeunes filles du monde aspirant au ciel, dont l'âme blanche est pleine de chiffres et de marchandises restées pour compte jusqu'à ce jour. Élevées avec une attention méticuleuse par leurs parents alignés et immobiles derrière elles, – comme des barriques sur le quai d'un entrepôt – elles n'ont plus rien à apprendre du côté de la pureté ni du côté de l'arithmétique. Il ne leur manque vraiment que du sang à boire, du sang humain de première marque et c'est précisément ce que tu leur donnes.

Ah ! tu n'es pas de ces apôtres sauvages qui diraient à leur auditoire :

– Un homme va mourir pour nous de la plus infâme des morts. Cet homme est un voleur et un assassin, comme chacun de nous. La seule différence entre nous et lui, c'est qu'il s'est laissé prendre, n'étant pas un hypocrite et que, portant ostensiblement ses crimes, il est moins abominable. C'est en ce sens qu'il va expier pour nous et c'est parce que j'ai mission de vous annoncer la Parole de Dieu que je vous en avertis. Je sais bien que ce langage vous étonne et qu'il vous révolte. Je voudrais qu'il vous fît peur. Vous vous croyez innocents parce que vous n'avez coupé la gorge à personne, jusqu'à ce jour, je veux le croire ; parce que vous n'avez pas fracturé la porte d'autrui ni escaladé son mur pour le dépouiller ; parce qu'enfin vous n'avez pas transgressé trop visiblement les lois humaines. Vous êtes si grossiers, si charnels, que vous ne concevez pas les crimes qu'on ne peut pas voir. Mais je vous dis, mon très-cher frère, que vous êtes une plante et que cet assassin est votre fleur. Cela vous sera montré au

Jugement d'une manière plus que terrible. Sans le savoir et sans le vouloir, chacun de nous confie son trésor d'iniquités et de turpitudes cachées à un homicide, comme un avare peureux confie son argent à un spéculateur téméraire, et, quand la guillotine fonctionne, les deux têtes tombent ensemble ! Nous sommes tous des décapités !

Il est certain que le prédicateur qui parlerait ainsi ne garderait pas longtemps sa chaire. Il est même difficile d'imaginer la rapidité de son balayage. Mais ne parlât-il qu'une seule fois, il aurait pu faire entrer une parole véritable dans des oreilles hermétiquement bouchées jusqu'alors par le cérumen onctueux d'un clergé servile, mais plein d'une pusillanime jactance, aussi incapable de réveiller les dormants que de ressusciter les morts. Dieu aidant, le picador aurait peut-être réussi à planter la banderille d'une inquiétude au flanc de quelque vache furieuse qui ne s'en débarrasserait jamais plus.

Bossuet a fait un sermon sur « l'éminente dignité des pauvres dans l'Église ». Ce discours célèbre, digne en tout point de la perruque ordonnée de Louis XIV, ne dut pas déplaire aux viveurs de ce « siècle délicieux », ainsi qu'il s'exprime. « Non, chrétiens, je ne dis pas que vous renonciez à vos richesses… etc. » C'est de la sorte que le grand évêque du gallicanisme lisait l'Évangile.

Aujourd'hui Bossuet serait forcé de renoncer à l'épiscopat ou de faire un autre sermon et devant un autre auditoire, sur l'éminente dignité du Capital dans la même Église. Tout fait penser que ce thème lui conviendrait mieux. « … Votre vie est dans la lumière, votre piété perce les nuages. Parmi tant de gloire et tant de grandeur, quelle part pouvez-vous prendre à l'obscurité de Jésus-Christ et aux opprobres de son Évangile ?… » Oui, vraiment, Bossuet n'aurait plus autre chose à dire. Le sermonneur des rois et des princes, le théologien altier de l'Uti possidetis accommoderait en cette manière son éloquence et ses foudres. Il le faudrait bien, puisque lui-même – évêque de cour et flagorneur mitré d'un potentat concubin – avait déjà transposé l'Évangile, il y a plus de deux cents ans.

X

LA CASSETTE DE PANDORE

Brigadier vous avez raison

Chanson connue.
– N'est-ce pas ? monsieur que je ressemble à Marie-Antoinette ?
– Oui, madame, le bourreau s'y tromperait.

– Il faut bien que les propriétaires mangent ! disait une bourgeoise après avoir jeté dans la rue un très-pauvre homme qui lui devait quelques francs. Sans doute, mais on ne vit pas seulement pour manger. Il ne suffit pas de farcir la tomate, il faut mettre quelque chose autour. Des bijoux, par exemple, les bijoux des dames.

On a souvent parlé du symbolisme des pierres dites précieuses, œuvre du feu souterrain durant des milliers de siècles, prononce la science qui n'est pas avare de révolutions planétaires. Il y en a bien trente ou quarante espèces dont chacune a sa légende, sa signification emblématique. Le diamant, par exemple, est l'hiéroglyphe de la mort. Inutile de demander pourquoi. C'est ainsi et voilà tout. Mais ce qu'on n'ignore pas, ce qui est révélé par l'expérience, c'est que le diamant est provocateur de luxure, au point d'être un danger pour les plus chastes cœurs. Par là s'explique, je ne dis pas sa rareté, mais son prix énorme et l'avidité excessive de le posséder. L'inexpiable guerre du Transvaal, qui a déshonoré tout un grand peuple, est le chef-d'œuvre le plus authentique de cette concupiscence déchaînée, et les suites qu'on peut voir dépassent en hideur atroce et mortelle ce que les poètes sont capables d'inventer.

Dix ou vingt mille hommes nourris comme des animaux sont encagés littéralement sur des périmètres immenses. Esclaves d'une compagnie minière qui ne permet pas même aux enfants de venir embrasser leurs pères, les misérables travaillent sans pardon à l'extraction du minerai diamantifère. Si, tentés par l'exorbitante valeur des pierres et l'apparente facilité de les dérober, quelques-uns succombent, ils doivent s'attendre à des châtiments affreux, si leurs maîtres les surprennent. Leur sang, alors, s'ajoute au torrent de sang préalablement répandu pour la conquête monstrueuse de ce pays, transformé en une colonie de l'enfer par l'avarice de quelques banquiers.

La surveillance y est diabolique. Il y a, ô mesdames, la chambre de purge ! Quand un de ces forçats plus ou moins volontaires est libéré, avant de sortir il lui faut passer par là. Car les malheureux en avalent quelquefois, de ces cailloux merveilleux qui valent des prairies et des forêts. La chambre de purge les en délivre. Les mondaines parfumées, fières de leurs bijoux, peuvent, sans courbature d'imagination, évoquer ce riant décor. Évacuateurs et fouilleurs travaillent pour elles. L'éblouissement des mangeuses d'hommes et la réalisation de leurs plus beaux rêves est dans cette chambre. Leur parure est le rendement des deux équipes. Sans doute il y a eu du sang et il y en aura encore, c'est bien entendu, toujours du sang, puisque les douces femelles des tigres en demandent ; maintenant il y a cette autre chose que les chiens les plus superbes savent apprécier…!

Peu de paroles ont été plus utilisées, plus usées par les rhéteurs que celle de Tertullien sur la femme vaine et ambitieuse qui porte autour de son cou des patrimoines entiers : Saltus et insulas tenera cervix circumfert. De cela aussi on a fait un lieu commun, c'est-à-dire un assemblage de sons qui n'a plus de sons. La mort est derrière, pourtant, derrière et devant, au-dessus et au-dessous, et c'est bien ainsi que l'entendait ce terrible Père, se réjouissant, avec l'église de Carthage, du dépouillement splendide de la patricienne Vivia Perpetua se précipitant toute nue au martyre.

Mais la vache furieuse qui tourmenta cette chrétienne a changé de rôle. C'est elle qui est, aujourd'hui, la grande dame. C'est elle maintenant qui porte les parures méprisées par la martyre et ramassées dans son sang. Que lui importent les âmes vivantes des pauvres qui souffrent et meurent pour son inhumaine vanité ? Que sont pour elle les milliers de malheureux qui risquent leur vie, chaque jour, pour aller lui chercher des perles dans les gouffres du Pacifique ou de l'Océan indien ?

Ceux-là semblent plus tragiques encore que les mineurs. Cela tient sans doute à la primauté mystérieuse de ces globules aveugles et ennuyeux mais préférables, que l'Évangile déclare si précieux qu'il faut tout vendre pour les acquérir. Dieu sait combien les femmes sont, en ce point, observatrice de sa Parole. Les entrepreneurs de pêcheries le savent aussi et les miséreux qu'ils emploient ne l'ignorent guère.

C'est là-bas, au large du Pacifique, autour des Touamotou, terre française. Les îles Manga-Reva, situées à l'aile sud de l'archipel, avaient, quand on les découvrit, 25.000 habitants. On n'en compte plus que 500. Les dames et les requins ont avalé tous les autres. Ces pauvres gens, stimulés par les Européennes, se sont faits plongeurs. Au signal de la plonge, hommes, femmes et enfants se précipitent. Ceux que les squales ne dévorent pas, ceux qu'épargne la congestion ou l'apoplexie, sont tués par la phtisie, par l'alcool ou emportés par de très-fréquents cyclones. Ainsi meurt la race Maorie, une des plus belles du monde.

À Ceylan ou dans le golfe Persique, c'est encore pis. Tous les ans, douze mille bateaux prennent part à la pêche qui emploie environ trois cent mille hommes dont la moitié sont des plongeurs. Beaucoup périssent par le refroidissement dans des eaux extrêmement froides en ces endroits de la mer où la température extérieure est cependant la plus élevée du globe. Les autres sont, plus ou moins, la proie des requins. Soudain l'équipage d'une barque voit un remous violent qui agite les flots. L'eau s'empourpre. C'est un plongeur qui vient d'être coupé en deux, accident banal qui ne vaut pas d'être consigné. Un modeste collier de perles de soixante mille francs est l'addition du déjeuner de soixante requins et représente la mort affreuse de soixante créatures à la ressemblance de Dieu que nourrissait à peine leur épouvantable métier.

La fable de Pandore et de sa boîte à surprise qu'on rabâche depuis Hésiode, est suffisamment connue. De cette boîte confiée par Jupiter à la « première femme » et ouverte par curiosité, s'échappèrent tous les maux. Seule, l'Espérance resta au fond. Tradition dénaturée par les poètes. Les dames riches ont hérité de cette cassette et tous les malheurs imaginables, au contraire de la vider en s'échappant, servent à la remplir. Mais le comble de l'enfantillage serait d'y chercher l'espérance qui est partie la première. Elle s'est agrandie, d'ailleurs, cette cassette fameuse, jusqu'à ressembler au puits de l'Abîme et, tout au fond, c'est l'immobile Serpent qui tient le cœur humain dans sa gueule, depuis le commencement du monde.

XI

LA DÉRISION HOMICIDE

– Nous ne pouvons rien pour la personne recommandée. Le budget de notre charité est bouclé.

Un monsieur dans les œuvres.

Au contraire du Précepte évangélique poussiéreux et démodé, la main gauche sait fort bien ce que fait la droite. Celle-ci donne ou fait semblant de donner à grand carillon et l'autre, placée du côté du cœur, la retient tant qu'elle peut. C'est ce combat, dont l'issue n'est jamais douteuse, qui constitue ce qu'on nomme les fêtes de bienfaisance ou de charité et les effets admirables de ces divertissements prétendus chrétiens.

On se pare de la dépouille du pauvre et on s'amuse avec fracas pour lui venir en aide, quand il est aux trois quarts détruit par un cataclysme. On récolte ainsi de l'argent dont les misérables entendent parler sans jamais le voir venir. Car il faut compter avec les intermédiaires crochus presque sans nombre qui se multiplient, au cours des voyages, comme les requins dans le sillage d'un navire où il y a des agonisants. Il faut compter aussi avec les fournisseurs pour sinistrés dont les entrepôts de vivres en putréfaction ressemblent aux boutiques des épaveurs ou fanfrelucheurs de la mort sur les chemins des cimetières.

Les tremblements de terre, les incendies ou les cyclones font aller le commerce, pour ne rien dire des guerres ou massacres asiatiques ou européens qui l'accélèrent encore. Les affaires étant les affaires, la spéculation s'y ingénie. On sait, par exemple, qu'il est au pouvoir de tel groupe honorable d'accapareurs britanniques ou américains de décréter une famine profitable en un point déterminé du planisphère. Dans l'hiver de 97 à 98, un spéculateur américain très-admiré, pour maintenir la hausse du blé sur le marché universel, en fit jeter à la mer soixante-dix millions d'hectolitres, à deux ou trois heures de New-York. Cet homme qui détruisait ainsi la subsistance de la population d'un empire, avait reçu au baptême ou autrement le nom de Joseph qui signifie « gardien du pain ». À la même époque, d'autres qui ont encore leurs têtes sur leurs épaules, se sont servis de blé, eux aussi, pour chauffer des locomotives. Simple question de capitaux, d'arithmétique, de géographie et d'estomac.

Ensuite et par voie de conséquence, on donne des galas, des fêtes, des illuminations, des loteries, au profit des victimes, en vue d'autres affaires de moindre grandeur. Et les dames de plusieurs pays sont dans la gloire, ayant eu l'occasion de montrer beaucoup leurs clavicules et leur poitrail. Tout le monde y gagne ; excepté les affamés. À l'heure où j'écris, il y a deux mois que Messine et Reggio ont été renversées de fond en comble. Il est vrai – ou du moins probable – que cette catastrophe ne fut pas déterminée par une spéculation transatlantique, mais la suite est exactement la même. Des sommes immenses, disent les fouilles, ont été recueillies. Nul ne sait ce qu'elles sont devenues. Cinquante mille corps humains continuent de pourrir sous les décombres, en attendant d'exhaler la peste aux premiers souffles du printemps, et ceux qui survivent crèvent de misère.

La Bergère de la Salette, la prophétesse Mélanie jugeait cela plus effrayant que les catastrophes mêmes. La Dérision de la Charité, la dérision qui donne du pain à ceux qui meurent d'inanition, pour le reprendre avec un éclat de rire, quand ils le portent à leur bouche, la dérision qui tarit les mamelles, qui assassine les moribonds, qui fait de la luxure avec de la douleur, de la volupté sentimentale avec du désespoir !

Quelquefois, cela finit mal. On a vu, il n'y a pas si longtemps, des personnes tout à fait exquises, devenues, en un instant, des torches vivantes et hurlantes, au milieu d'une impraticable fournaise, – des personnes qui « faisaient le bien », a dit un imbécile fameux. Elles avaient fait de l'Évangile grand ouvert et planté debout, une haute muraille d'airain pour protéger leur plaisir et cette muraille, devenue rouge, est tombée sur elles. Il a fallu des pelles et des tombereaux pour les mettre au lit. Leçons bien inutiles pour les autres et nullement profitables aux indigents qui continueront à être secourus de la sorte jusqu'au Jour de Dieu.

J'imagine que ce jour commencera par une aube d'une douceur infinie. Les larmes de tous ceux qui souffrent ou qui ont souffert auront tombé toute la nuit, aussi pures que la rosée du premier printemps de l'Éden. Puis, le soleil se lèvera comme une Vierge pâle de Byzance dans sa mosaïque d'or, et la terre se réveillera toute parfumée. Les hommes, ivres de délices et réconfortés puissamment, s'étonneront de ce renouveau du Jardin de volupté et se dresseront parmi les fleurs en chantant des choses profanes qui les rempliront d'extase. Les infirmes eux-mêmes et les putréfiés vivants auront l'illusion des désirs de l'adolescence. Agitée du pressentiment d'une Venue indicible, la nature se vêtira de ses accoutrements les plus magnifique et, pareille à une courtisane superbe, répandra sur elle, avec ses joyaux qui ont perdu tant de condamnés à mort, les fragrances capiteuses qui font oublier la vie.

Rien ne saurait être trop beau, car ce sera le Jour de Dieu – enfin ! – attendu, des milliers d'années, dans les ergastules, dans les bagnes, dans les tombeaux ; le jour de la dérision en retour, de la Dérision grande comme les cieux que le Saint Livre nomme la Subsannation divine. Ce sera la vraie fête de charité, présidée par la Charité en Personne, par le Vagabond redoutable dont il est écrit que nul ne connaît ses voies, qui n'a de comptes à rendre à personne et qui va où il lui plaît d'aller. Ce sera tout de bon la fête des pauvres, la fête pour les pauvres, sans attente ni déception. En un clin d'œil, ils recueilleront eux-mêmes, sans intermédiaire, tout ce que les riches peuvent donner en s'amusant et encore bien au delà, prodigieusement et à jamais.

Pour ce qui est de l'incendie qui terminera le gala, il n'y a pas de créature, fût-ce un archange, qui pourrait en dire un seul mot.

XII

JÉSUS-CHRIST AUX COLONIES

…Est descendu aux enfers.

Symbole des Apôtres.

Le sujet est grave au delà de ce qui peut être exprimé.

« Grande Dame, dit Christophe Colomb à Isabelle, dans l'Atlantide de Verdaguer, donnez-moi des navires et, l'heure venue, je vous les rendrai avec un monde à la remorque. » Il les obtint, ces petits navires dont on aurait pu garder les débris comme d'impayables trésors, leur bois étant le plus précieux qu'il y eût sur terre, après celui de la Croix du Christ et pour la même raison. Il les obtint, comme on sait, après dix-huit années de supplications dans toutes les contrées de l'Europe et ce fut la mort qu'il apporta au monde indien, dans ses mains ineffablement paternelles.

On lui changea son œuvre dès le premier jour. On fit des ténèbres avec sa lumière et quelles ténèbres ! On se soûla du sang de ces innombrables fils et ce qui restait de ce sang, ce dont les chacals et les chiens du vomissement ne voulaient plus, on le recueillit dans le creux des mains, dans des pelles de mineurs, dans des écopes de bateliers, dans les coupes de la débauche, dans les deux plateaux de la justice prostituée, dans les calices mêmes des saints autels et on l'éclaboussa de la tête aux pieds ! On contraignit cette Colombe amoureuse à piétiner, ainsi qu'un corbeau, dans le pourrissoir des assassinés. L'orgie des avares et des sanguinaires enveloppa la montagne de son sourcilleux esprit comme d'un tourbillon de tempêtes, et ce fut la solitude la plus inouïe sur cet amoncellement de douleurs !

Christophe Colomb avait demandé qu'aucun Espagnol ne pût aborder aux terres nouvelles, à moins qu'il ne fut certainement chrétien, alléguant le but véritable de cette entreprise, qui était « l'accroissement et la gloire de la religion chrétienne ». On vida pour lui les prisons et les galères. Ce furent des escrocs, des parjures, des faussaires, des voleurs, des proxénètes et des assassins qu'on chargea de porter aux Indes l'exemple des vertus chrétiennes. Lui-même fut accusé de tous les crimes et la hideuse crapule qu'on lui envoyait fut admise à témoigner contre cet angélique Pasteur qui voulait défendre son troupeau, et dont le principal forfait avait été d'attenter à la liberté du pillage et de l'égorgement.

Il fut enfin dépossédé, exproprié de sa mission et, pendant plusieurs années, put assister, lié et impuissant, à la destruction de son œuvre. Ses illégitimes et cupides successeurs remplacèrent aussitôt la Paternité par l'Ergastule et l'évangélisation pacifique par le cruel système des repartimientos, qui fut l'arrêt de mort de ces peuples infortunés.

Telle fut l'aurore des colonisations européennes dans les temps modernes. Rien de changé depuis quatre siècles. L'unique différence – fort appréciable, il est vrai – c'est qu'à l'époque précise de la découverte du Nouveau Monde, il y eut un homme, grand comme les Anges, immolé par la multitude des canailles et qu'aussitôt après lui, il n'y a plus eu que des canailles.

Ah ! l'évangélisation des sauvages, la dilatation et l'accroissement en eux de l'Église, choses voulues si passionnément par le Christophore, que nous en sommes loin ! Pas même un semblant d'équité rudimentaire, pas un tressaillement de pitié seulement humaine pour ces malheureux. C'est à trembler de la tête aux pieds de se dire que les belles races américaines, du Chili au nord du Mexique, représentées par plusieurs dizaines de millions d'Indiens, ont été entièrement exterminées, en moins d'un siècle, par leurs conquérants d'Espagne. Ça c'est l'idéal qui ne pourra jamais être imité, même par l'Angleterre, si colonisatrice pourtant.

Il y a des moments où ce qui se passe est à faire vomir les volcans. On l'a vu, à la Martinique et ailleurs. Seulement le progrès de la science empêche de comprendre et les horreurs ne s'arrêtent pas une seule minute. Pour ne parler que des colonies françaises, quelle clameur si les victimes pouvaient crier ! Quels rugissements, venus d'Algérie et de Tunisie, favorisées, quelquefois, de la carcasse du Président de notre aimable République ! Quels sanglots de Madagascar et de la Nouvelle-Calédonie, de la Cochinchine et du Tonkin !

Pour si peu qu'on soit dans la tradition apostolique de Christophe Colomb, où est le moyen d'offrir autre chose qu'une volée de mitraille aux équarrisseurs d'indigènes, incapables, en France, de saigner le moindre cochon, mais qui, devenus magistrats ou sergents-majors dans des districts fort lointains, écartèlent tranquillement des hommes, les dépècent, les grillent vivants, les donnent en pâture aux fourmis rouges, leur infligent des tourments qui n'ont pas de nom, pour les punir d'avoir hésité à livrer leurs femmes ou leurs derniers sous !

Et cela, c'est archi-banal, connu de tout le monde, et les démons qui font cela sont de fort honnête gens qu'on décore de la Légion d'honneur et qui n'ont pas même besoin d'hypocrisie. Revenus avec d'aimables profits, quelquefois avec une grosse fortune, accompagnés d'une longue rigole de sang noir qui coule derrière eux ou à côté d'eux, dans l'Invisible – éternellement ; – ils ont écrasé tout au plus quelques punaises dans de mauvais gîtes, comme il arrive à tout conquérant, et les belles-mamans, éblouies, leur mijoteront des vierges.

J'ai devant moi des documents, c'est-à-dire tels ou tels cas. On pourrait en réunir des millions. L'histoire de nos colonies, surtout dans l'Extrême-Orient, n'est que douleur, férocité sans mesure et indicible turpitude. J'ai su des histoires à faire sangloter les pierres. Mais l'exemple suffit de ce pauvre brave homme qui avait entrepris la défense de quelques villages Moïs, effroyablement opprimés par les administrateurs. Son compte fut bientôt réglé. Le voyant sans appui, sans patronage d'aucune sorte, on lui tendit les simples pièges où se prennent infailliblement les généreux. On l'amena comme par la main à des violences taxées de rébellion, et voilà vingt ans qu'il agonise dans un bagne, si toutefois il vit encore. Je parlerai un jour, avec plus de force et de précision, de ce naïf qui croyait aux lois.

C'est un article de foi que Jésus, après son dernier soupir, est descendu aux enfers pour en ramener les âmes douloureuses qui ne pouvaient être délivrées que par lui. Toute chose divine étant perpétuelle, c'est donc toujours la même espérance unique pour la même désolation infinie. Mais elle est vraiment unique et c'est là, surtout, je veux dire aux colonies, qu'il n'y a rien à espérer des hommes.

Les rapports officiels ou les discours de banquets sont des masques sur des mufles d'épouvante et on peut dire avec certitude et sans documents, que la condition des autochtones incivilisés, dans tous les pays conquis, est le dernier degré de la misère humaine pouvant être vue sur terre. C'est l'image stricte de l'Enfer, autant qu'il est possible d'imaginer cet Empire du Désespoir.

Tout chrétien partant pour les colonies emporte nécessairement avec lui l'empreinte chrétienne. Qu'il le veuille ou non, qu'il le sache ou qu'il l'ignore, il a sur lui le Christ Rédempteur, le Christ qui saigne pour les misérables, le Christ Jésus qui meurt, qui descend aux enfers, qui ressuscite et qui juge vivants et morts. Il est, ce chrétien, lui aussi, et quoi qu'il fasse, un Christophore, comme Colomb, mais un Christophore à tête de Méduse, un Christophore d'horreur, de hurlements, de bras tordus, et son Christ a été, à moitié chemin, annexé par les démons.

Le bon jeune homme élevé par les bons Pères, et rempli de saintes intentions, embrasse pieusement sa mère et ses jeunes sœurs, avant d'aller aux contrées lointaines, où il lui sera permis de souiller et de torturer les plus pauvres images de Dieu…

C'est ainsi que se continue l'œuvre de la douce Colombe du xve siècle, et c'est comme cela que le Sauveur du monde est porté aux colonies.

XIII

CEUX QUI NE VEULENT RIEN SAVOIR

Le bourreau est la pierre angulaire l'édifice social.

Joseph de Maistre.

– Monsieur le gérant, nos maisons doivent me rapporter, l'une dans l'autre, six cent mille francs. S'il y a du surplus, vous le mettrez dans votre poche, mais je ne veux rien savoir. J'exige que mon nom et mon adresse soient ignorés de tous mes locataires sans exception. Les réclamations ou les plaintes me sont odieuses et je tiens à vivre en paix. Arrangez-vous.

Le gérant est habile homme et ne tient pas à se faire aimer. Tout est pour le mieux. Le propriétaire a les mains nettes, comme un beau Pilate, et son ministre responsable a les mains libres. L'un aura la paix qu'il demande et l'autre les profits éventuels, énormes peut-être, qu'il désire. Bonne affaire pour tous deux.

On juge ce que peuvent devenir les pauvres sous la griffe d'un tel commis. Car il y en a toujours, des pauvres, même sous les apparences de la richesse, et ceux-là, les pauvres meublés et reluisants, ne sont pas à dédaigner. C'est le profitable troupeau où l'astuce d'un bon mercenaire a toujours chance d'abattre aux quatre époques de la tonte, quelque mérinos blessé dans les tournants. Une foudroyante augmentation succédant à des rosseries bien calculées peut procurer ce résultat. Mobilisation de l'huissier, vente à vil prix et rachat sous main des meubles saisis, donnent parfois des bénéfices très-appréciables. Il y a d'autres manigances. Mais il faut la bride sur le cou et la promptitude stratégique d'un homme de guerre.

L'avantage est moindre avec les petits locataires besogneux et sans surface, avec les ouvriers incirconcis et bambocheurs dont il faut, chaque semaine, attraper l'argent au vol, accompagné de gifles quelquefois et toujours de malédictions. Avec cette racaille, il est vrai, les ménagements sont moindres aussi et les risques fructueusement contrebalancés par le maniement discret d'une prostitution naïve souvent exploitable. Mais le cas devient rare des grands propriétaires logeant la fripouille, trop heureuse vraiment qu'on lui bâtisse des casernes ou des étables à cochons dans les quartiers suburbains.

Cette proie est abandonnée aux petits propriétaires, entrepreneurs enrichis dans les plâtras ou domestiques devenus rentiers à force de gratter les casseroles. Ceux-là n'ont pas de gérants. Ils encaissent eux-mêmes l'argent et les gifles et ils ont une autre manière de ne rien savoir. C'est le ferme propos de préférer ostensiblement leurs tripes à tout ce qu'il y a sous le soleil. La férocité de ces animaux est trop connue pour qu'on en parle. Toutefois, comme elle tend vers l'infini, ceux mêmes qui l'ont éprouvée le plus durement ne savent pas ce qu'elle est en réalité. Quel degré de miséricorde glaciaire espérerez-vous, par exemple, d'un individu qui a passé quarante ans à vendre 2 ou 3 francs au détail ce qui lui coûtait en gros 0 fr. 50, ou de celui-ci, monstrueux parmi les immondes, qui fut à la fois mouchard, acheteur de reconnaissances du mont-de-piété, empoisonneur sur le zinc et tenancier d'une maison de passe héritée de madame sa mère. Le cœur tremble de penser à ces justiciables qui ont le pouvoir de condamner à mort des familles et qui en usent, à chaque instant, sous la protection des lois.

Il faut avoir été soi-même un pauvre pour savoir ce que c'est que d'avoir à donner sans cesse le meilleur fruit de son travail et de sa peine, la fleur du sang de ses enfants, pour arrondir un parasite fainéant, grand ou petit, un damné de Dieu et des hommes, incapable même de la gratitude intestinale d'un chien pour les êtres, quels qu'ils soient, qui lui remplissent les boyaux. Car ils sont sans nombre les pauvres gens qui travaillent et qui jeûnent pour payer le propriétaire, pour avoir un abri défectueux et sordide, sans air ni lumière, dont l'aspect seul est à dégoûter de la vie. Il faut avoir vu souffrir des tout petits exténués de privations à seule fin d'assouvir un pléthorique maquereau que les lois honorent et qui est un des cinq ou six cent mille seigneurs et maîtres mis en place des hauts barons de l'ancienne France qui versaient leur sang pour défendre leurs laboureurs !

Si, du moins, à cet effroyable prix, le pauvre était assuré de son gîte, si, à force de payer et de souffrir, il gagnait enfin d'être chez lui, comme le cheval épuisé qu'un maître pitoyable laisse crever dans l'écurie ! Mais il faut que l'immeuble rapporte. « En affaires pas de sentiment », aucune excuse n'est admise. Au moindre retard, place nette pour un autre et la belle étoile pour le malade ou l'estropié. On voit de ces malheureux qui ont payé cinq cents fois l'humble rêve d'un lit de mort suffisamment abrité et qui vont mourir de désespoir sur le seuil des hôpitaux. Le propriétaire a son droit, son ventre, ses habitudes, et c'est tout simple que les autres pâtissent pour que rien n'y soit changé. Il ne veut rien savoir au delà, et le crucifiement du Dieu des pauvres est une si vieille blague !

Mais que dis-je ? Ce n'est pas assez de payer. Ce n'est même rien du tout, si on ne paye pas d'avance. Devenus décidément rois de ce monde, les salauds ont inventé ça. Si le mulet succombe avant d'avoir pu gravir la montagne du terme, il n'y aura, de la sorte, rien de perdu. On n'aura qu'à le pousser dans le ravin, les autres suivront. Quant à ceux qui ne peuvent pas payer d'avance, et c'est le plus grand nombre, ils ont des trottoirs et des avenues pour se promener.

Ce n'est pas encore tout. Même en payant d'avance, un jeune ménage doit s'engager à ne pas avoir d'enfants et le cas est si prévu que des propriétaires font signer, en même temps que l'engagement de location, un congé tout à fait en règle et sur lequel il n'y ait pas à revenir. L'inerte jouisseur devant être engraissé comme un porc, réparations et contributions, tout est à la charge des bagnards, cela va sans dire. S'il y a litige, – ce qui n'est guère à craindre avec les pauvres – le juge de paix, toujours fidèle à sa mission, tranche la poire du côté du mufle, et la société triomphe.

Je connais des souffrants, des rêveurs qui disent que, pourtant, chaque homme devrait avoir son toit et, peut-être aussi, la terre étant si vaste, un modeste champ à cultiver. Ces braves gens ne connaissent pas la science économique. Ils ignorent ce mécanisme si profitable à quelques-uns, au point de croire que tout devrait être mis en commun, de même qu'aux premiers temps du christianisme. Rêverie si peu conforme à la réalité qu'on voit des prêtres propriétaires et plus implacables que les autres.

Vous entendez cela, ô Jésus ! des prêtres propriétaires ! Si vous reveniez en ce monde, il vous faudrait payer votre terme d'avance – avant même de vous incarner – à tel chanoine ou domestique de l'Archevêché qui vous dirait, « le saint Nom de Dieu invoqué », qu'il a la loi pour lui et qu'étant le Sauveur des propriétaires, il convient que vous donniez le bon exemple à leurs galériens. Si vous n'aviez à offrir que l'Adoration des bergers ou le bois de votre Croix, vous seriez indubitablement et très-promptement expulsé, n'en doutez pas. Expulsé par ceux qui se disent vos serviteurs ou avec leur absolution plénière.

Petits ou grands, ils ne veulent rien savoir, ni les atrocités qu'ils font commettre ni les iniquités plus effroyables, quelquefois, dont ils sont eux-mêmes les ouvriers. Les larmes qu'ils font couler, ils ne veulent pas les voir, les sanglots profonds ou les cris de désespoir causés par leur avarice, ils ne veulent pas les entendre. Si les hommes deviennent des voleurs ou des meurtriers, si les femmes se prostituent et prostituent leurs enfants, toutes ces choses leur sont étrangères et ne doivent pas, le moins du monde, altérer leur sérénité, pourvu que l'argent des termes soit exactement recueilli. La pratique des sacrements, chez quelques-uns, ne sert qu'à les endurcir un peu plus, en étayant – des colonnes granitiques d'une immunité d'en haut – leur égoïsme de cannibales. Il existe des associations ou confréries paroissiales de « propriétaires chrétiens ». Ils se préparent ainsi a eux-mêmes des demeures futures et permanentes où nul ne sera tenté de les suivre. Que Dieu ait pitié des infortunés qui vivront sous leurs toits !

Le propriétaire moderne est une entité bizarre dont l'habitude seule empêche de voir la réelle monstruosité. Né d'une fiction légale, essentiellement surnuméraire et parasitaire, mais invocateur constant des hauts principes de l'Ordre et de la Justice, le propriétaire est précisément l'ennemi le plus redoutable de la Famille, telle que l'avait constituée le christianisme. Le vieux mot si touchant et si doux de foyer n'a plus de sens. Le registre du déménageur a remplacé le Livre de raison des familles patriarcales de l'ancienne France. Les bons vieux murs d'autrefois, témoins, pendant des générations, des joies ou des douleurs des êtres issus d'un même sang et adorant le même Dieu, n'existent plus ou n'appartiennent plus à personne, car le propriétaire lui-même n'est qu'une larve incertaine, un cauchemar qui change et qui vagabonde accompagné de notaires et de croque-morts. Vos chers meubles « polis par les ans », s'il vous en reste encore, sont maniés et souillés par des mains infâmes, à chaque changement de domicile. Mais qui donc, aujourd'hui, possède quoi que ce soit et, bientôt, qui pourra se flatter même d'une tombe en un lieu déterminé, alors que la terre, comme on le croirait, se fatigue de porter une génération si locomobile ?

On éloigne les pauvres du centre des villes, de même qu'on empêcherait le sang d'affluer au cœur. Si Dieu permet la consommation de ce suicide, ce sera la fin des propriétaires eux-mêmes, la fin des riches et des pauvres, la fin de tout et le commencement ou le milieu de la charogne universelle. L'Esprit de Dieu sera porté sur les eaux d'une humanité liquide…

Tout de même il y aura ceci : – Tu n'as rien voulu savoir, toi, belle dame, pleine de vers ; et toi, son digne époux dont la carcasse asphyxie les aigles qui planent, toi aussi, tu n'as rien voulu savoir. Eh bien, mes chéris, c'est le contraire. Vous allez tout savoir en un millième de seconde. Votre science, horriblement universelle, horriblement irréparable, ce sera tout simplement l'Œil de Dieu, le regard de l'Œil de Dieu, pendant toute l'éternité !

XIV

LE PETIT ROI

J'ai vu, dans un berceau, un enfant criant et bavant, et autour de lui étaient des vieillards qui lui disaient Seigneur ! et qui, s'agenouillant, l'adoraient. Et j'ai compris toute la misère de l'homme.

Paroles d'un croyant.

Un soir, dans une réunion publique, en 1869, j'entendis cette citation de Lamennais faite par un jeune homme triste qui est aujourd'hui parmi les fantômes, et l'amertume en est restée profondément en moi. Je pense qu'il y a encore de ces fils de roi quelque part et je suis certain qu'il reste beaucoup de ces vieillards, surtout dans le monde républicain. En tout cas, il y a des petits enfants propriétaires.

En voici un qui dort dans son berceau blanc et rose, plein de dentelles et de satin. Il ressemble à une fleur sur des fleurs. C'est l'innocence et la beauté. On l'appelle : « Petit roi, trésor adoré », et il possède, en effet, plusieurs millions. C'est un orphelin. Sa mère est morte en le mettant au monde et son père l'a suivie de près, on ne sait pourquoi. L'un et l'autre sont allés, tout nus, rendre leurs comptes. Il a un tuteur plein de prudence et plusieurs gérants carnassiers qui s'occupent de ses affaires. C'est le commencement d'une belle vie. Si on ne le tue pas de douceurs et de caresses il sera un fameux homme dans quinze ou vingt ans.

Son éducation, dans tous les cas, est assurée. Rien n'y manquera. Avant même qu'il ait appris à parler, on lui aura fait comprendre que la richesse est l'unique bien et qu'il est, précisément, possesseur d'une richesse immense. De très bonne heure il saura qu'étant le fils de son père qui fut un admirable voleur, il a droit au respect le plus profond et à l'unanime adoration des autres mortels, si toutefois on peut croire qu'il soit lui-même un mortel. Sans risquer la méningite, il devinera que ce droit, conféré par la possession de l'argent, surpasse infiniment tous les efforts de l'intelligence et qu'il est ridicule de se surmener.

Si son éducation est très-bien faite, le mépris de la pauvreté sera son flambeau, sa lumière pour tout éclairer, tout discerner, tout débrouiller. Et cela toute sa vie, sauf miracle. Vécut-il cent ans, il ignorera toujours que les pauvres sont des hommes comme lui et qui souffrent. Où prendrait-il, d'ailleurs, l'idée de la souffrance ? Cette idée-là est comme le lait ; il faut la prendre au sein de sa mère. Il faut avoir été allaité, bercé par la Douleur, par la vraie douleur de misère. Passé l'âge de raison qu'on dit être celui de sept ans, il n'y a presque plus moyen d'apprendre à souffrir. S'il arrive quelque accident qui l'y contraigne, – car la richesse, toute divine qu'elle soit, n'est pas l'eau du Styx qui rendait invulnérable – on ne lui voit pas d'autre ressource que de se tuer comme un joueur décavé ou de gémir lâchement dans son ordure.

En attendant son destin quel qu'il puisse être, les sports variés remplaceront la culture intellectuelle, si parfaitement inutile aux gens du monde et surtout la culture morale, exigible seulement de la valetaille ou de quelque croupiers ambitieux. Laissant loin derrière lui ceux qui ne veulent rien savoir, il ne saura même pas qu'il y a quelque chose à ignorer. Mécanique à volupté jusqu'à son dernier jour, la pauvreté lui sera aussi inconnue que la théologie mystique ou l'histoire universelle, et, quand la mort le réveillera de ses imbéciles songes, il faudra lui essuyer les yeux avec des tessons brûlants pour qu'il aperçoive enfin cette compagne de Jésus-Christ !

Ce moment est loin, espérons-le. Aujourd'hui, le voici dans son berceau. Il pourrait être dans la rue sur un tas d'ordures comme tant de petits abandonnés. Mais il y a une loi promulguée par les démons, qui veut que certains enfants naissent riches et que d'autres enfants naissent pauvres.

– Ton père, ô petit roi, s'est approprié la substance d'un grand nombre. Il est juste que tu en profites et que les enfants des pères qui n'ont jamais volé personne souffrent pour toi. Cela, c'est la stricte justice, tous les notaires te le diront. Lorsqu'on te servira respectueusement ton petit déjeuner dans ton petit lit bien chaud, d'autres enfants de ton âge, à moitié nus et qui ont plus faim que toi, chercheront, parmi les ordures, quelques-unes des précieuses croûtes que tu dédaignes, si les chiens ont eu la bonté de leur en laisser. Mais cela, on ne te le dira pas, parce que cela te dégoûterait, mon cher ange.

On ne te dira pas non plus que ces misérables enfants qui te ressemblent si peu, ont été mis dans la rue par toi ou du moins pour toi et en ton nom, car tu étais leur Propriétaire, et que la jolie tasse où tu bois ton chocolat représente beaucoup plus que le prix de l'humble table de famille où ils prenaient les repas de chaque jour avec leurs parents quand tu n'avais pas fait vendre leur mobilier. Il est même probable qu'on ne te le dira jamais. À quoi bon ces répugnantes idées qui ne sont pas pour toi ? Ils riraient bien, ton tuteur et le gros notaire, si on leur disait à eux-mêmes qu'il y a peut-être une malédiction dans chacun des plis de tes rideaux qu'à eux deux ils mettent sur toi un toi un tombeau lourd que les pyramides du désert !

C'est ainsi que les lois humaines, échos effrayants de la Justice de Dieu, font payer aux enfants des riches les iniquités de leurs pères. Que peuvent signifier l'Étable de Bethléem et le mystère de la Sainte Enfance pour ces petits êtres avilis et dénaturés par la richesse, dès leur entrée dans ce monde horrible que leur présence fait paraître plus horrible encore ? L'innocence persécutrice ! Imagine-t-on quelque chose de plus douloureux ? Un pauvre enfant désarmé dont on fait, sans qu'il le sache, un vase d'injustice et de cruauté, au nom de qui s'accomplissent légalement des actes affreux qu'il ne pourra jamais réparer, et sur la tête de qui on accumule à plaisir la haine, l'envie, la fureur, les malédictions désespérées d'une multitude ! L'Évangile dit : « Malheur aux riches ! » Se représente-t-on la force de cette Parole s'exerçant sur un nouveau-né ?…

Oui, Bethléem dans ce tourbillon d'enfer !… À supposer une infinitésimale puériculture de religion, que pourra penser le petit roi, sinon que les gens de Bethléem eurent bien raison de ne pas héberger une famille si pauvre et que L'Enfant de Marie dut s'estimer trop heureux de n'être pas rebuté par le bœuf ni l'âne et de recevoir gratuitement l'hospitalité de ces animaux ? La Sainte Famille, en ce temps-là, eût été, peut-être, sa débitrice, comme tant d'autres, et les intendants de sa richesse, à lui, l'eussent exécutée, toute sainte qu'elle fût, sans plus de façons, en vertu des justes lois qui le protègent et que le Fils de Dieu lui-même, soumis à César, ne pouvait ignorer ni méconnaître. Pour ce qui est des Rois Mages, il est trop évident qu'ils avaient agi sans conseil et que leurs présents eussent été mieux placés à la cour d'Hérode avec qui ils eurent la maladresse de se brouiller, ce qui eut pour conséquence de causer la mort de plusieurs enfants dignes d'intérêt dont les parents devaient avoir de l'argent de placé dans les compagnies d'assurances de la Judée.

Cette compréhension de l'Évangile et de la Vérité religieuse est, dans l'âme des innocents petits rois massacrés, comme le fœtus dans l'amnios et ne tarde guère à devenir un monstre vivant. Alors, on peut croire que leurs anges gardiens se sont envolés et que le ciel pleure.

XV

LES ÉTERNELLES TÉNÈBRES

Et factæ sunt tenebræ horribiles.

Moïse.

Il y a en haut de Montmartre, un peintre d'humeur farouche et doux comme les moutons du Bon Pasteur. Il jette facilement les riches à la porte de son atelier et partage avec de plus pauvres que lui le peu qu'il gagne. Aussi n'est-il pas sur le chemin de la fortune et des honneurs. Trop de probité en art et pas du tout d'entregent. Il est ce que les confrères arrivistes et pleins de pantalons nomment entre eux un raté.

Un monsieur se présente, descendant d'une automobile. Curiosité d'un côté, espérance de l'autre. Le visiteur a du temps à perdre. C'est si amusant, les ateliers d'artistes et on peut quelquefois y rencontrer des petits modèles ! Le visité, que tourmente son propriétaire, voudrait bien vendre une ou deux toiles. Rien de plus banal. Mais, ce matin, le pauvre peintre est particulièrement sombre et le bruit de l'automobile agite ses nerfs. Une conversation s'engage pourtant, bien stupide, hachée comme du chiendent. Tout à coup, on ne sait comment ni pourquoi, le monsieur, cédant à cet obscur mouvement intérieur qui porte les assassins à tout avouer, se déclare millionnaire. Il n'en faut pas davantage. L'artiste bondit.

— Vous êtes millionnaire, crie-t-il, qu'est-ce que vous venez faire ici ? Vous êtes millionnaire, vous avez une de ces voitures hideuses que j'exècre et vous ne l'employez pas uniquement à courir, du matin au soir, au secours des pauvres ! vous m'entendez bien, au secours des pauvres qui vous ont été confiés pour leur malheur et qui vous attendent en pleurant. Mais alors, vous êtes une canaille infâme, un voleur des pauvres ! Car enfin cet argent qui ne vous a rien coûté que la honte de le recevoir d'un père qui était probablement un bandit, vous le devez rigoureusement aux indigents, et vous ne pouvez le retenir sans être le plus lâche et le plus abominable des coquins... Ah ! vous ne sortirez pas d'ici avant de m'avoir entendu jusqu'au bout. Vous êtes venu comme cela en amateur, pour vous égayer de la misère d'un artiste fier qui vous comblerait d'honneur en vous invitant à lui décrotter sa chaussure, probablement même dans l'immonde espoir d'abuser de sa détresse ! Il est trop juste que vous m'entendiez, que cela vous plaise ou non. Je le répète, vous êtes une canaille, une lâche et sale canaille, infiniment au-dessous des cambrioleurs assassins qui, du moins, risquent leur peau ou leur liberté. Vous opérez ignoblement avec la complicité des gendarmes et des magistrats. Que l'argent, dont vous êtes le sac, ait été laissé par votre père ou que vous l'ayez volé vous-même, vous avez le devoir de le restituer aux victimes et vous le savez très-bien, si vous n'êtes pas un imbécile. Mais, à supposer que vous en fussiez le possesseur légitime, – ce qui est impossible et contraire à la raison, – un atome de conscience vous forcerait à vous en dépouiller. L'argent est pour la Gloire de Dieu, sachez-le bien, et la Gloire de Dieu est au sein des pauvres. Tout autre usage qu'on en peut faire est une prostitution et une idolâtrie. Mais, avant tout, c'est un vol. Il n'y a qu'un moyen de ne pas détrousser les autres, c'est de se dépouiller soi-même. Ce langage est nouveau pour vous, n'est-ce pas ? On ne parle pas ainsi dans vos milieux de crétins et de fainéants. N'importe ! cela me fait du bien de dire ces choses et de vous forcer à les entendre. Pour votre profit, je vous souhaite la ruine et la misère. Vous saurez alors ce que c'est que l'argent. Jusque-là vous resterez une brute. Si j'avais le malheur de devenir riche, monsieur le millionnaire, je n'aurais rien de plus pressé que de redevenir pauvre pour avoir le droit de boire du bon vin et de manger de délicieuses volailles. Les choses fines sont pour les pauvres, exclusivement, et les riches n'ont droit qu'aux ordures et aux tortures. Vous le comprendrez plus tard, je veux l'espérer. Maintenant, j'ai dit. Prenez votre chapeau et foutez le camp !

La richesse a une telle puissance pour avilir et idiotifier que le plus étonnant miracle serait que de telles paroles ne fussent pas tout à fait perdues. On peut se représenter l'âme du riche sous des étages de ténèbres, dans un gouffre comparable au fond des mers les plus profondes. C'est la nuit absolue, le silence inimaginable, infini, l'habitacle des monstres du silence. Tous les tonnerres et tous les canons peuvent éclater ou gronder à la surface. L'âme accroupie dans cet abîme n'en sait rien. Même dans les lieux souterrains les plus obscurs, on peut supposer qu'il y a des fils pâles de lumière venus on ne suit d'où et flottant dans l'air, comme, en été, les fils de la Vierge dans la campagne. Les catacombes, elles aussi, ne sont pas infiniment silencieuses. Il y a, pour l'oreille attentive, quelque chose qui pourrait être les très-lointaines pulsations du cœur de la terre. Mais l'Océan ne pardonne pas. Lumière, bruit, mouvement, vibrations imperceptibles, il engloutit tout et à jamais.

XVI

LE SYSTÈME DE LA SUEUR

(sweating system)

J'ai toujours été frappé de l'air vénérable des vieux forçats.

Jules Vallès.
En 93, il y avait à Meudon, une tannerie de peaux humaines. Celles des femmes n'étaient presque bonnes à rien, étant d'un tissu trop tendre.

Montgaillard.

Un ancien poème du moyen âge, Yvain ou le Chevalier au Lion, montre que, même au siècle pieux de saint Bernard, de Louis VII et de Philippe-Auguste, l'exploitation industrielle qui consiste à faire de l'or avec la chair et le sang des femmes, existait déjà.

Ce chevalier Yvain qu'un lion familier accompagne est arrivé devant le château de la Pire Aventure. « Hé ! malheureux, où vas-tu ? » lui crient les gens du bourg qu'il traverse en montant au donjon. Il ne les écoute pas, il écarte le portier qui veut l'arrêter et il entre dans une vaste salle donnant sur un préau formé par une palissade aux pieux aigus. Traduisons le vieux langage de Chrestien de Troyes :

« À travers les pieux, il vit là jusqu'à trois cents pucelles occupées à divers ouvrages de soie et d'or. Toutes faisaient mieux qu'elles savaient. Mais telle fut leur pauvreté que beaucoup d'entre elles, les pauvres, avaient leurs robes dénouées et déceintes et que leurs corsages étaient troués aux mamelles et aux coudes, et qu'elles portaient sur le dos des chemises sales. De faim et de mésaise leurs cous étaient grêles, leurs visages pâles.

Yvain les voit et elles le voient. Toutes baissent la tête et pleurent et elles restent là un grand moment sans savoir que devenir. Elles ne peuvent lever les yeux de terre, tant elles sont écœurées. »

Yvain revient sur ses pas et interroge le portier du château :

« – Par l'âme de ton père, dis-moi quelles sont ces demoiselles que j'ai vues dans ce préau, tissant des étoffes de soie et des orfrois ? Les œuvres de leurs mains paraissent très-belles, mais ce qui ne me semble pas beau, c'est qu'elles sont, de corps et de visages, maigres et pâles, et dolentes. Pourtant elles seraient, je crois, belles et fort avenantes, si elles avaient chose qui leur fît plaisir. – Je ne vous le dirai mie, répond le portier, cherchez un autre qui vous le dise. Yvain, alors, cherche tant qu'il finit par trouver l'huis du préau où les demoiselles travaillent, et il s'avance et il les salue toutes ensemble, et il voit tomber les gouttes des larmes qui descendent de leurs yeux sur leurs visages. »

Yvain les interroge à leur tour et l'une d'elles lui apprend qu'elles sont captives des fils du diable et qu'elles ne peuvent être délivrées que par un bon chevalier qui « les occira en bataille ». Mais pourquoi se leurrer d'une telle espérance ?

« – Jamais plus nous n'aurons rien qui nous plaise. Je viens de dire une grande enfance quand j'ai parlé de délivrance. Jamais nous ne sortirons de céans. Toujours nous tisserons des étoffes de soie et nous n'en serons jamais mieux vêtues. Toujours nous serons pauvres et toujours nous aurons faim et soif. Nous aurons beau gagner, cela ne nous fera pas mieux manger. C'est à grand'peine que nous avons du pain, un peu le matin et moins le soir. Sur ce que nous gagnons, chacune de nous ne conserve pour son entretien que quatre deniers par livre et cela n'est pas assez pour avoir suffisance d'habits et de nourriture… Cependant il n'est pas une seule d'entre nous dont le travail ne rapporte vingt sous et plus à la semaine. Un duc en serait riche et nous sommes en grande pauvreté, et celui pour qui nous travaillons est riche de notre mérite. Pour gagner nous veillons une grande part des nuits et les journées entières. Si nous voulons nous reposer un instant, on nous menace de nous tourmenter les membres. C'est pourquoi nous n'osons prendre aucun repos. »

Après huit siècles, le même mal s'est effroyablement aggravé. Les pauvres captives délivrées pas le bon chevalier Yvain – car il les délivra, s'il faut en croire son trouvère – étaient au nombre de trois cents. Écoutez maintenant Tolstoï :

En face de la maison que j'habite il y a une fabrique de soieries aménagée suivant les dernières prescriptions de la technique. Là, travaillent et vivent trois mille femme et sept cents hommes. De chez moi, j'entends le bruit incessant des machines, et je sais, car je suis allé la-bas, ce qu'il signifie. Trois mille femmes, debout pendant douze heures, sont devant les établis et parmi un bruit terrible, elles pelotonnent et dévident les fils de soie avec lesquels on fera des étoffes. Toutes ces femmes, à l'exception de celles qui sont arrivées récemment de la campagne, ont un aspect maladif. La plupart mènent une vie dépravée et immorale. Presque toutes, mariées ou non mariées, aussitôt après l'accouchement, envoient leurs enfants à la campagne ou dans une crèche où 90 pour 100 de ces enfants périssent, et les mères, pour ne pas être remplacées, viennent à la fabrique, deux ou trois jours après l'accouchement. Ainsi, pendant vingt ans, je sais que des dizaines de mille de mères jeunes et fortes sont mortes ; et que, maintenant aussi, des mères continuent à détruire leur vie et celle de leurs enfants, pour préparer des étoffes de velours et de soie. »

Le bon Tolstoï est dépassé. Qu'est-ce que la fabrique dont il parle à côté des bagnes immenses de l'Amérique ou de l'Angleterre ? Rien qu'en France il y a plus de six millions d'ouvrières d'usines sur moins de vingt millions de femmes. Statistique plus puissante qu'une tragédie de Shakespeare. Cette multitude apocalyptique de créatures affamées travaillant, souffrant, mourant, pour assurer les délices de quelques-uns ; sans lumière pour travailler, sans lumière pour souffrir, sans lumière pour mourir, et cela pendant les générations et pendant les siècles !

En dehors des usines, la même statistique parle d'une armée barbare, d'une horde famélique de 250.000 ouvriers et ouvrières vivant ou essayant de vivre, à Paris seulement, du travail à domicile, travail des Hébreux en Égypte représentant pour l'exploiteur des bénéfices pouvant aller de mille à dix-huit cents pour cent.

Qu'on multiplie tant qu'on voudra ces chiffres usuraires, déjà diaboliques, on arrivera, si c'est possible, à une quasi-proportion de la richesse à la pauvreté. Cent mille pauvres suffisent-ils pour faire un seul riche ? C'est une question en Occident. En Asie, dans le grouillement colossal de la Chine ou de l'Inde, il en faut peut-être un million.

Le système de la Sueur ! On a peine à comprendre que ces mots impies aient pu être écrits, même en anglais qui est pourtant la langue de l'injustice, de la dureté infernale, la langue du moins généreux de tous les peuples. Oui, même en anglais, c'est à ne pas y croire. Mais la sueur de quoi ? mon Dieu ! Impossible, après un tel mot, de ne pas penser à Gethsémani, de ne pas penser à Moïse qui voulut que toute l'Égypte ruisselât de sang pour préfigurer l'Agonie du Fils de Dieu. Celui qui assuma toutes les peines imaginables et toutes les peines inimaginables a-t-il donc sué le sang de cette façon ? La Sueur de Sang par système ! La Sueur de Sang de Jésus calculée pour commanditer des famines ou des massacres !... On peut supposer que des hommes sont devenus fous pour s'être penchés sur ce gouffre…

Ce qu'il y a de plus incompréhensible au monde, c'est la patience des pauvres, médaille sombre et miraculeuse de la Patience de Dieu dans ses palais de lumière. Quand la souffrance a été trop loin, il semble que ce serait pourtant bien simple d'assommer ou d'éventrer la bête féroce. Il y a des exemples. Ils sont même nombreux dans l'Histoire. Mais, toujours, ces révoltes furent des mouvements convulsifs et de peu de durée. Aussitôt après l'accès, la Sueur du Sang de Jésus recommençait silencieusement dans la nuit, sous les oliviers tranquilles du Jardin, les disciples dormant toujours. Il lui faut continuer cette Agonie pour tant de malheureux, pour un si grand nombre d'êtres sans défense, hommes, femmes, enfants surtout !

Car voici l'horreur des horreurs : le travail des enfants, la misère des tout petits exploitée par l'industrie productrice de la richesse ! Et cela dans tous les pays. Jésus avait dit : « Laissez-les venir à moi ». Les riches disent : « Envoyez-les à l'usine, à l'atelier, dans les endroits les plus sombres et les plus mortels de nos enfers. Les efforts de leurs faibles bras ajouteront quelque chose à notre opulence. »

On voit de ces pauvres enfants qu'un souffle renverserait, fournir un travail de plus de trente heures par semaine et ces travailleurs-là, ô Dieu vengeur ! se comptent par centaines de mille. Pour qu'il soit dit que la religion n'est pas oubliée, les ateliers de petites filles, ignorés du Dante, sont souvent dirigés par des religieuses, vierges consacrées, aussi sèches que les sarments du Démon, et qui savent les bonnes méthodes pour le rendement…

La jeune fille du monde ignore peut-être, elle aussi – comme le Dante – ce que sa toilette et ses fins dessous ont coûté. Pourquoi lui parlerait-on de la fatigue mortelle, de la faim jamais assouvie des petites misérables trop flattées de se tuer pour sa beauté ? Qui voudrait essayer de faire comprendre à cette jolie brute l'amertume des larmes dévorées et la constriction perpétuelle de ces petits cœurs ? Mais, parce que ces choses de rien sont infiniment plus grandes qu'elle et qu'il y a tout de même une justice, on peut être certain qu'elle ne les ignorera pas toujours. Et alors !…

L'évangéliste saint Luc entendit tomber par terre, goutte à goutte, la Sueur du Sang de Jésus-Christ. Ce bruit si faible, incapable de réveiller les disciples endormis, dut être entendu des constellations les plus lointaines et modifier singulièrement leur vagabondage. Que penser du bruit, plus faible encore et beaucoup moins écouté, des pas innombrables de ces pauvres petits allant à leur tâche de souffrance et de misère exigée par les maudits, mais, quand même, sans le savoir et sans qu'on le sache, allant ainsi à leur grand frère du Jardin de l'Agonie qui les appelle et les attend dans ses bras ensanglantés ? Sinite pueros venire ad me. Talium est enim regnum Dei.

XVII

LE COMMERCE

Suis-je le gardien de mon frère ?

Caïn.

Autrefois, il y a bien longtemps, quand il y avait de la noblesse et des chevaliers libérateurs, le commerce dérogeait. C'était une loi absolue, une loi de fond. Le gentilhomme qui se livrait au commerce était, de ce fait, discrédité, disqualifié, déchu, démonétisé, déshonoré, rejeté du sol, racines en l'air. Et c'était parfaitement juste et raisonnable. Même aujourd'hui que l'arithmétique a remplacé la noblesse, le commerce garde encore quelque chose de son ancienne puanteur et on ne l'avoue pas très volontiers.

Pourquoi donc est-il si infâme ? C'est parce qu'il dévore le pauvre, parce qu'il est la guerre au pauvre, simplement. Les détaillants de toute sorte : boulangers, bouchers, charcutiers, charbonniers, logeurs, etc., ne gagnent réellement que sur les pauvres, toujours incapables de s'approvisionner ou de profiter des occasions. La moitié de cinq est trois, c'est l'arithmétique des détaillants. Voici du pain à 0 fr. 35 cent. le kilo. Le pauvre, qui ne peut acheter qu'une livre à la fois, la paiera quatre sous. S'il a faim deux fois par jour, au bout d'un mois le boulanger lui aura volé 1 fr. 50. Ainsi du reste. Une chambre infecte est louée huit francs par semaine, plus de quatre cents francs par an, à une malheureuse qui se tue pour gagner deux francs par jour.

Le crédit est un veau gras tué depuis longtemps pour fêter le retour de l'Enfant prodigue réintégrant la maison paternelle à six étages, après avoir longtemps gardé les cochons. Dites à un commerçant : « Je ne puis admettre qu'on doute de la probité d'un homme qu'on ne connaît pas ». Il ne comprendra jamais. Dans la langue de cet ignoble, connaître quelqu'un signifie savoir qu'il a de l'argent et ne pas le connaître signifie ne pas savoir s'il a de l'argent. Un homme connu, c'est un riche. Catastrophe de la Parole tombée dans la boue. Dans le premier cas, l'estime empressée, la servilité la plus basse ; dans le second, la défiance et l'hostilité. C'est immonde, mais commercial dans toute la force du terme.

Le désir exclusif de s'enrichir est, sans contredit, ce qui peut être imaginé de plus abject. À supposer qu'il fût possible de confronter réellement, c'est-à-dire dans l'Absolu, un artiste et un commerçant, ce serait une expérience à faire crier les gonds de la terre.

Instinctivement, sans qu'il ait besoin de le savoir, le premier tend vers la Douleur, la Pauvreté, le Dépouillement complet, parce qu'il n'y a pas d'autres gouffres et que son attraction est au fond des gouffres. L'autre amasse, croyant savoir ce qu'il fait. Il amasse comme un insecte et se conditionne un petit tombeau avec les pailles de la famine et les détritus de la misère. C'est ce qu'il appelle faire fortune. D'un côté, un homme cherchant la Beauté, la Lumière, la Splendeur libératrice ; de l'autre, un esclave contraignant son âme à fouiller dans les ordures !

« On ne peut rien faire sans argent », dit un lieu commun dont la stupidité sacrilège est parfaitement ignorée de ceux qui en font usage. Sans doute on ne peut rien sans la sueur et le sang du pauvre ; mais cette sueur, quand elle coule d'un noble front, et ce sang, lorsqu'il ruisselle d'un cœur généreux, ce n'est pas aux chiens de les venir boire et c'est une horreur d'en être témoin.

Au fond, le commerce consiste à vendre très-cher ce qui a très-peu coûté, en trompant autant que possible sur la quantité et la qualité. En d'autres termes, le commerce prend la goutte du Sang du Sauveur donnée gratuitement à chaque homme et fait de cette goutte plus précieuse que les mondes, épouvantablement multipliée par des additions ou mixtures, un trafic plus ou moins rémunérateur.

– Je ne vous force pas à venir chez moi, dit l'usurier qui est au fond de tout commerçant. – Sans doute, chien, tu ne m'y forces pas ; mais la nécessité m'y force, la nécessité invincible, et tu le sais bien.

Vu d'en haut, le commerce est un véritable sacrilège. Les Juifs, Race aînée auprès de qui tous les peuples sont des enfants et qui ont eu, par conséquent, le pouvoir d'aller du côté du mal beaucoup plus loin que les autres hommes du côté du bien, les profonds Juifs doivent sentir qu'il en est ainsi. Ils sont les pères du commerce comme ils furent les pères de ce Fils de l'Homme, leur propre Sang le plus pur, qu'il fallait, par décret divin, qu'ils achetassent et vendissent un certain jour. Leurs proches voisins d'extraction, les Carthaginois de Carthage, ancêtres perdus des Carthaginois d'Angleterre, ont dû être leurs bons écoliers. Cela n'est certes pas pour les diminuer. Lorsqu'ils se convertiront, ainsi qu'il est annoncé, leur puissance commerciale se convertira de même. Au lieu de vendre cher ce qui leur aura peu coûté, ils donneront à pleines mains ce qui leur aura tout coûté. Leurs trente deniers, trempés du Sang du Sauveur, deviendront comme trente siècles d'humilité et d'espérance, et ce sera inimaginablement beau.

Tomber de là dans le négoce moderne, c'est à faire peur, c'est à dégoûter de la vie et de la mort. On a beaucoup parlé de l'abjection juive. Il s'agit ici, bien entendu, des Juifs trafiquants, de la lie juive, exception faite des individus très-nobles qui ont pu garder un cœur fier, un cœur « vraiment israélite » sous le terrible Velamen de saint Paul. En quoi cette abjection si fameuse dépasse-t-elle la servilité du boutiquier le plus hautain vis-à-vis d'un client présumé riche et son insolence goujate à l'égard d'un autre client supposé pauvre ? Si on veut que leurs attitudes ignobles les égalent en apparence, il y aura toujours, même à ce niveau, l'aînesse infinie de la Race élue et l'énorme prééminence de vingt siècles d'humiliations très-soigneusement enregistrées. L'abjection juive peut invoquer la foudre, l'abjection commerciale des chrétiens ne peut attirer que des giboulées de crachats et de déjections.

Quelqu'un pense-t-il aux heures de loisir d'un commerçant ? Horreur de la pauvre âme ! Pas une lecture, pas une pensée généreuse, pas un souvenir consolant, nulle autre espérance que de continuer demain les turpitudes antérieures. L'argent gagné, volé, la danse des chiffres et le trou de la tombe. Les très-pauvres gens qu'il dépouille ont des délices qu'il ne connaît pas. Même ceux qui ont perdu tout, excepté leurs larmes, peuvent être consolés par un livre, par une parole de bonté, par la caresse d'une bête misérable, par la vue d'un humble jouet d'enfant mort, d'un objet quelconque de nul prix pouvant évoquer un souvenir de douleur ou un souvenir de joie, par n'importe quoi ne coûtant rien, ne valant rien, ne pouvant tenter personne et gardé religieusement comme un trésor, jusqu'à la fin. C'est pour ceux-là, sans doute, que Jésus a pleuré sur le tombeau de Lazare. « Je te bénis, ô Père, Seigneur du ciel et de la terre, de ce que tu as caché ces choses aux sages et aux prudents et les as révélées aux petits. »

« Les affaires sont les affaires », autre lieu commun diabolique. Un commerçant capable de pitié en dehors de son négoce – il paraît que cela s'est vu – devient sans miséricorde aussitôt que son intérêt commercial est en jeu, alors même qu'il s'agit du profit le plus mince, le plus dédaigné par lui, – parce qu'à cet instant le prêtre ou le pontife de Mammon apparaît. Mais s'il est dans la situation jupitéréenne d'un créancier, il se manifeste épouvantable, précisément parce que la dette ne représente rien pour lui, – rien que ce qu'il croit être la Justice. Justice de Caïn, disant qu'il « n'est pas le gardien de son frère » et croyant peut-être se justifier ainsi de l'avoir assassiné. Il se trompe horriblement, ajoutant à son fratricide un fratricide plus inexpiable.

– Que vous le vouliez ou non, monsieur l'épicier, vous êtes le gardien de tous vos frères, et si votre sale maison croule de cette fraternité-là, tant mieux ! Vous y gagnerez l'égalité avec ceux qui souffrent et la liberté de votre âme. C'est la seule application tolérable de la devise républicaine qui nous idiotifie et nous empoisonne depuis cent ans.

XVIII

L'AVOUÉ DU SAINT SÉPULCRE

L'histoire des Juifs barre l'histoire du genre humain, comme une digue barre un fleuve, pour en élever le niveau.

Léon Bloy

Ce chapitre est dédié par l'auteur du
« Salut par les Juifs » à son ami Raoul Simon.
Oui ! du Saint Sépulcre ! et il s'agit d'un Juif, d'un poète Juif, tout à fait extraordinaire, qui ne s'est jamais converti. Mais il fut Juif dans la profondeur et, par conséquent, le plus grand poète qu'ait eu le Pauvre, ce qui le mit très-près du Tombeau de Jésus-Christ, infiniment plus près que la plupart des chrétiens.

On sait que Godefroi de Bouillon n'accepta pas d'être roi de Jésuralem, mais seulement Avoué ou Défenseur du Saint Sépulcre, « ne voulant pas », disent les Assises, « porter couronne d'or là où le Roi des rois porta couronne d'épines ». Il ne peut être question de royauté ni de couronne d'or pour le poète Morris Rosenfeld, mais jamais le pauvre n'eut un pareil défenseur. La Cité sainte de ses pères qu'il a conquise, c'est la poésie même qui est la Jérusalem des pauvres et des douloureux.

Poète des miséreux, miséreux lui-même et s'exprimant dans une langue de miséreux. « Ruinés et épuisés par le long exil, chassés et dispersés dans des pays étrangers, nous avons perdu notre langue sacrée et notre dignité de jadis et, aujourd'hui, nous devons nous contenter de soupirs exhalés dans un dialecte pauvre et ridiculisé que nous nous sommes appropriés pendant que nous traînions parmi les peuples ». Mais les poètes font ce qu'ils veulent. Ce jargon cosmopolite formé des guenilles de toutes les langues, il en a fait une musique de harpe lamentatrice.

Morris (Moïse-Jacob) Rosenfeld est né dans la Pologne russe. Là-bas, au bord d'une eau tantôt calme et tantôt furieuse, son père, un pêcheur très-pauvre, lui racontait des histoires de révoltes et de souffrances pour lui agrandir le cœur. « Nous n'avons pas toujours été un peuple capable seulement de pleurer... » Appelé à continuer tous les souffrants et à être plus pauvre encore que ses pères ne l'avaient été, il fut consolé toute sa vie par le souvenir de son humble enfance passée dans le voisinage de la rivière, des collines et des forêts.

Le soleil se couche derrière les montagnes... L'eau coule, coule toujours et murmure une langue que nul ne connaît. Une barque solitaire vogue au loin, sans batelier, sans gouvernail ; on dirait que des diables la poussent. Dans cette barque un enfant pleure... De longues boucles dorées roulent sur ses épaules, et le pauvre petit regarde en soupirant... Et la barque vogue toujours. En agitant dans l'air son mouchoir tout blanc, Il me salue de loin, Il me dit adieu le pauvre, charmant enfant. Et mon cœur commence à s'agiter. On dirait que quelque chose pleure... Dites-moi, qu'y a-t-il donc ? Oh ! ce superbe petit, je le connais. Mon Dieu ! c'est mon enfance qui s'envole !

Source limpide qui devient bientôt un torrent de larmes amères. Le pauvre homme pourtant n'est pas un révolté. Sa nature ne le porte pas à crier vengeance : Vrai Juif lamentateur, il ne sait que pleurer sur ses frères malheureux encore plus que sur lui-même. Mais ses larmes ont une force d'invocation plus redoutable que les déchaînements du désespoir. Je ne sais vraiment pas s'il existe en poésie quelque chose de plus angoissant que la pièce qui a pour titre : À un nuage :

Arrête-toi, nuage sauvage, arrête.
Et dis-moi d'où tu viens et où tu vas.
Pourquoi es-tu si sombre, si lourd et si noir ?
J'ai peur de toi, tu effraies mon âme.
.   .   .   .   .   .
.   .   .   .

Dis-moi : n'est-ce pas l'horrible vent de la Russie noire
Qui te chasse ici ?
.   .   .   .   .

Peut-être portes-tu en toi
La vieille patience, qui bientôt
Éclatera, sanglante et sauvage.
.   .   .   .   .   .

Mais, comme ma tête était levée vers le ciel,
Tout à coup une goutte tomba du nuage ;
Une goutte amère tomba dans ma bouche, –
Amère, plus amère que la bile.
Et il me semble, frères – j'en suis même sûr,
Oh ! oui, oui, que c'est une larme juive, une larme de sang

Une larme juive, – que c'est affreux !
Elle m'a arraché l'âme et je perds la tête.
Une larme juive, mon Dieu ! je me perds, –
Mais c'est un mélange de fiel, de cerveau et de sang,
Une larme juive ! – je l'ai reconnue de suite.
Elle sent la persécution, le malheur et le pogrom.
La larme juive, oh ! je sens dans cette odeur
L'affreux blasphème de deux mille ans...
La larme juive... Maintenant je comprends
Quelle sorte de nuage c'était.

Cet écrasé au fond des cryptes semble avoir senti plus qu'aucun autre la tristesse épouvantable et surnaturelle de cette Semaine Sainte qui dure pour lui depuis deux mille ans et qui est toute l'histoire des Juifs après la Vendition de leur Premier-Né. Mais aussi, plus qu'un autre, il en a senti la beauté. Quelques-uns de ses poèmes sont comme des échos dans un sépulcre de la grandiose Liturgie de Ténèbres entièrement puisée dans le Livre divin que les Juifs portent par toute la terre, en essayant de le lire à travers le sombre tissu de leur Velamen :

Un livre vieux et déchiré. La couverture pleine de sang et de larmes. Connaissez-vous ce livre ? Sans doute vous le connaissez ce livre, j'en suis sûr. Le plus saint des livres saints. Nous avons déjà beaucoup donné pour ce pauvre livre...

Et ce cri sublime au spectacle des Juifs émigrants et de leurs paquets lamentables sur les quais de New-York :

Chez eux, dans ces sacs, – voyez-vous ? –
Se trouve le trésor du monde, – leur Thora ! –
Comment peut-on dire qu'une telle nation est pauvre ?
Un peuple qui traverse la nuit et les tombeaux ;
Qui sait passer par l'horreur, par le feu et par la mort,

Pour sauver ce qui lui est saint et cher ?
Un peuple qui sait résister à tant de malheurs ;
Qui sait tant souffrir et tant donner son sang ;
Qui ne craint rien et ne craint personne ;
Qui risque sa vie pour quelques pauvres feuilles.
Un peuple qui baigne toujours dans les larmes ;
Que chacun frappe et torture avec joie ;
Qui erre des milliers d'années dans les déserts,
Et n'a pas encore perdu courage ?
Pour prononcer le nom d'un pareil peuple,
Il vous faut essuyer vos lèvres. – À genoux devant lui, nations !

Celui qui parle ainsi est, aux yeux du monde, un peu moins qu'un ver. Mais il a raison infiniment et Dieu lui-même n'a pas pu mieux dire. Les Juifs sont les aînés de tous et, quand les choses seront à leur place, leurs maîtres les plus fiers s'estimeront honorés de lécher leurs pieds de vagabonds. Car tout leur est promis et, en attendant, ils font pénitence pour la terre. Le droit d'aînesse ne peut être annulé par un châtiment, quelque rigoureux qu'il soit, et la parole d'honneur de Dieu est immodifiable, parce que « ses dons et sa vocation sont sans repentance ». C'est le plus grand des Juifs convertis qui a dit cela et les chrétiens implacables qui prétendent éterniser les représailles du Crucifigatur devraient s'en souvenir. « Leur crime, dit encore saint Paul, a été le salut des nations ». Quel peuple inouï est donc celui-là à qui Dieu demande la permission de sauver le genre humain, après lui avoir emprunté sa chair pour mieux souffrir ? Est-ce à dire que sa Passion ne le contenterait pas, si elle ne lui était pas infligée par son bien-aimé et que tout autre sang que celui qu'il tient d'Abraham ne serait pas efficace pour laver les péchés du monde ?

Assurément Rosenfeld, qui n'était qu'un ouvrier fort ignorant, ne devait pas avoir lu saint Paul que ne lisent guère les Juifs. Mais son génie de poète et le sens profond de sa Race lui faisaient assez entrevoir ces choses. Aussitôt qu'il commença de chanter, sa place fut – je l'ai dit en commençant – à la droite du Tombeau de Jésus-Christ. Sans le savoir, il continua les Affirmations impérissables de l'Apôtre des nations et, n'ayant jamais été poète que pour les pauvres, il se trouva – dans le sens le plus mystérieux – l'Avoué du Saint Sépulcre, roi sans couronne et sans manteau de la poésie de ceux qui pleurent, sentinelle perdue au Tombeau du Dieu des pauvres bienheureusement immolé par ses ancêtres. Alors, par la seule force des lois adorables son judaïsme fut dépassé, débordé de tous les côtés par le sentiment d'une confraternité universelle avec les pauvres et les souffrants de toute la terre.

Son vagabondage perpétuel, vraiment hébreu, l'y prédisposait.

Sous le règne d'Alexandre III et de son ministre Ignatief, la situation des Juifs en Russie ne fut plus tenable. Outragés, chassés massacrés, le sauvage empire leur était devenu un enfer. Rosenfeld prit en main le bâton de la vie errante et partit.

« Pendant quatre ans », dit un de ses admirateurs, « les vents le chassèrent d'un lieu à l'autre ; pendant quatre ans, chaque flot de la misère l'engloutissait et le rejetait ensuite pour le laisser à la merci d'un autre flot ; pendant quatre ans il fut secoué par une sorte de fièvre qui n'existe que chez le peuple juif, la recherche d'un foyer. Cette impitoyable fièvre qui, depuis vingt siècles, ne laisse pas de repos aux enfants d'Israël ; cette vie de chien vagabond, sans droits et sans estime, sans pays et sans espoir, marchant, marchant toujours, de l'Orient a l'Occident et du Nord au Midi, franchissant des montagnes et traversant des Océans priant et criant, pleurant et luttant, cette vie ignoble et inique, on peut dire que notre poète l'a bien connue. »

Dans son ode Sur le sein de l'Océan, deux Juifs à qui on a refusé l'entrée de l'Amérique retournent en Europe :

Qui êtes-vous, malheureux, dites-moi,
Vous qui pouvez imposer silence à la plus terrible détresse,

Vous qui n'avez ni sanglots ni larmes
Aux portes même de l'affreuse Mort ?
. . . .
. . . . .

– Nous avions un logis, mais on l'a détruit,
On a brûlé ce qui nous était le plus sacré ;
On a fait, des plus chéris et des meilleurs, des monceaux d'ossements.
Les autres ont été emmenés, les mains liées.
. . . .
. . . .

Nous sommes Juifs, des Juifs déshérités,
Sans amis et sans joie, sans espoir de bonheur.
. . . .

Nous sommes des misérables semblables à des pierres,
La terre ingrate refuse de nous accorder une place,
. . . .
. . . .

Que le vent souffle et fasse rage, qu'il hurle avec fureur,
Que bouillonne, écume et rougisse l'abîme,
Quoiqu'il arrive, nous sommes des Juifs abandonnés.

Si les Juifs sont dignes d'un tel poète, ils lui pardonneront d'avoir souvent pleuré sur d'autres qu'eux-mêmes. Au delà de l'infortune colossale de l'ancien peuple de Jéhovah, l'âme universelle de Rosenfeld apercevait d'autres infortunes et ne se cachait pas d'en avoir le cœur déchiré. Il avait été si bien placé pour les connaître ! On l'avait vu travailler parmi les plus pauvres ouvriers de toutes les nations, à Amsterdam, à Londres, à New-York où, pendant dix ans, il n'eut d'autre moyen d'existence que le triste métier d'ouvrier-tailleur de fabrique. Ses vers sur l'esclavage infâme des fabriques sont peut-être les plus douloureux.

Abruti par le travail de la journée, l'ouvrier retourne chez lui. Sa femme et son enfant l'attendent :

> Le travail me chasse tôt du logis
> Et ne me laisse revenir que tard.
> Hélas ! ma propre chair m'est étrangère !
> Étranger le regard de mon enfant !

Sa femme lui parle de leur enfant. Il est sage et toute la journée ne demande que son père. Mais maintenant il dort. Le pauvre homme s'approche du berceau de l'enfant. Il lui tend un petit sou et lui parle pour le réveiller, pour se montrer à lui.

> Un rêve agite les petites lèvres.
> – Oh ! où est donc, où donc est papa ?
> Je reste là, plein de détresse, de douleur
> Et d'amertume, et je songe :
> – Quand tu t'éveillerais au jour, enfant,
> Tu ne me trouveras plus là.

Un jour, enfin, le poète, ayant été remarqué, quitta la fabrique et des protecteurs étranges lui offrirent le pire métier de journaliste qui lui devint presque aussitôt intolérable : « – Oh ! rouvrez les portes de l'atelier. J'y supporterai tout. – Suce mon sang, fabrique, oh ! suce mon sang ! Je ne pleurerai qu'à moitié. Je ferai mon lourd travail. Je le ferai sans protester. – Je peux louer mes ciseaux. Mais ma plume ne doit appartenir qu'à moi ».

Sa plume ! Est-ce bien là le mot qu'il faut écrire ? À tout moment le tailleur Rosenfeld me fait penser à ces tailleurs d'images d'il y a si longtemps, à ces artistes barbares, puérils et sublimes, qui ne savaient rien d'aucune science ni d'aucun art, n'ayant jamais reçu les leçons d'un autre maître que leur souffrance et travaillant comme ils pouvaient, avec de pauvres instruments, sous les hautes fenêtres d'un immense atelier de compassion.

Qu'il chante la peine du Peuple errant, les tourments d'enfer de la fabrique homicide, la plainte si douloureuse de la pauvre fille séduite : « Te rappelles-tu le soir où tu m'as déshonorée ? » ou l'éternelle beauté de la nature aimable et terrible, – je le vois toujours sculptant, avec fatigue, un bois très-dur qui n'est peut-être pas celui qu'il faudrait, au moyen d'on ne sait quel humble couteau qu'il aiguise, vingt fois par jour, sur la meule inusable des cœurs sans pitié. Cela ne va pas toujours comme il voudrait. Ce bois est pareil à du fer et l'outil s'ébrèche parfois sur quelque nœud invincible et imprévu qui dérange la composition. Puis le naïf artiste privé de méthode ne sait pas toujours à quoi l'engage telle ou telle figure commencée. Alors le couteau grince avec fureur et la difficulté lui devient une occasion de trouvailles qui font frémir.

Quelle que soit la variété de son œuvre, on a tout dit de Rosenfeld, quand on l'a nommé le poète des prolétaires. Il l'est plus que personne, parce qu'il est Juif et que le Juif est essentiellement prolétaire. Mais le prolétariat – comme les larmes – est de tous les peuples et de tous les temps. Seulement les larmes juives sont les plus lourdes. Elles ont le poids de beaucoup de siècles. Celles de ce poète ont été généreusement versées sur un grand nombre de malheureux qui n'étaient pas de sa Race et les voici maintenant, ces larmes précieuses, dans la balance du Juge des douleurs humaines qui ne fait pas plus acception des peuples que des personnes.

Quand le Père voudra que l'Aîné reprenne sa place, j'imagine que la nuit la plus splendide éclairera le festin, le doux croissant de la lune marquant la place du Saint Sépulcre et les larmes de tous les pauvres brillant indistinctement, inimaginablement, au fond des cieux !

XIX

LES DEUX CIMETIÈRES

La constellation du Petit Chien n'est-elle pas dans l'hémisphère austral ?

Le premier vaut à peine qu'on on parle. C'est celui des pauvres, la fosse commune, le charroi des macchabées, la bousculade, les blasphèmes et les ordures des croque-morts immondes qui n'espèrent aucun pourboire. Quand les morts affluent, c'est le déblaiement rapide et profanant des enterrés provisoires dont les ossements n'ont plus droit à un semblant de sépulture et vont être jetés en tas, comme des décombres ou des immondices, dans un trou quelconque.

Quelquefois, il est vrai, c'est le Crématoire que des chrétiens pourraient croire exclusivement réservé aux seuls athées, dont la volonté formelle est d'être brûlés après leur mort. Erreur qu'il faut quitter. L'Administration ne dédaigne pas de chauffer son four pour les restes déchiquetés des indigents qu'on assassine dans les hôpitaux et que nul parent ne réclame. Il faut bien s'en débarrasser et nous ne sommes plus aux temps barbares où des confréries existaient pour l'ensevelissement et la sépulture charitable des abandonnés.

Revenons au cimetière dit parisien, extramuros, nécropole des pauvres multipliée autour de Paris : Bagneux, Pantin, Ivry, etc., car les morts sont vomis comme les vivants. Sodome n'en veut pas et les éloigne tant qu'elle peut. Il y a du moins, pour ces dormants, le bénéfice de la solitude. Au printemps ou à l'automne, quand on est très-malheureux, ces endroits éloignés peuvent, tout de même, paraître aimables.

L'Administration qui a condamné l'usage antique de la Croix monumentale au moment même où elle en multipliait dérisoirement le signe dans le quadrillage systématique des cimetières suburbains, a consenti à planter, le long des avenues, un assez grand nombre d'arbres. Au commencement, cette plaine géométrique et sans verdure désespérait. Maintenant que les arbres, devenus grands, ont pu plonger leurs racines dans les cœurs des morts, il tombe d'eux, avec leur ombre mélancolique, une douceur grave...

Promenons-nous parmi les tombes. Beaucoup sont incultes, abandonnées tout à fait, arides comme la cendre. Ce sont celles des très-pauvres qui n'ont pas laissé un ami chez les vivants et dont nul ne se souvient. On les a fourrés là, un certain jour, parce qu'il fallait les mettre quelque part. Un fils ou un frère, quelquefois un aïeul, a fait la dépense d'une croix, puis les trois ou quatre convoyeurs ont été boire et se sont quittés sur de pochardes sentences. Et tout a été fini. Le trou comblé, le fossoyeur a planté la croix à coups de pioche et a été boire à son tour. Aucun entourage n'a jamais été ni ne sera jamais posé par personne pour marquer la place où dort ce pauvre qui est peut-être à la droite de Jésus-Christ... Sous le poids des pluies, la terre s'est affaissée et les pierres sont sorties en si grand nombre que même les chardons ne peuvent y croître. Bientôt la croix tombe, pourrit sur le sol, le nom du misérable s'efface et n'existe plus que sur un registre de néant...

Ce qui navre de charité, c'est la foule des petites tombes. Il faut ce spectacle pour savoir ce qu'on tue d'enfants dans les abattoirs de la misère. On y voit des lignes presque entières de ces couchettes blanches surmontées d'absurdes couronnes en perles de verre et de médaillons de bazar où s'affirment des sentimentalités exécrables. Il y en a pourtant de naïves. De loin en loin, dans une sorte de niche fixée à la croix sont exposés, avec la photographie du petit mort, les humbles jouets qui l'amusèrent quelques jours. Quelquefois s'agenouille devant l'une d'elles une vieille femme désolée. Elle est si vieille qu'elle ne peut même plus pleurer. Mais sa plainte est si douloureuse que les étrangers pleurent pour elle...

Après le cimetière des pauvres, c'est une sensation plus que bizarre de visiter le Cimetière des Chiens. Beaucoup de personnes ignorent probablement qu'il existe. Il va sans dire que c'est le cimetière des chiens riches, les chiens pauvres n'y ayant aucun droit.

Un certain effort n'est pas inutile pour s'habituer à cette pensée d'une nécropole de chiens. Cela existe pourtant à Asnières, dans une île, autrefois charmante, de la Seine. Oui, les chiens ont un cimetière, un vrai et beau cimetière avec concessions de trois à trente ans, caveau provisoire, monuments plus ou moins somptueux et même fosse commune pour les idolâtres économes, mais surtout, on le suppose, pour que les pauvres appartenant à l'espèce humaine soient mieux insultés.

L'article 5 du règlement est admirable : « Tous emblèmes religieux et tous monuments affectant la forme des sépultures humaines sont absolument prohibés dans le cimetière zoologique. » Le public est averti, par ce dernier mot, que le fondateur ou la fondatrice est une personne savante qui ne parle pas en vain. On n'est pas des chiens soi-même ni des sentimentaux imbéciles, mais des zoologues, des penseurs. Et cela éclaire singulièrement la prohibition, quelque peu jésuitique, des emblèmes religieux. Il semblerait, en effet, que cette défense ait en vue d'empêcher des profanations, alors qu'il suffit d'un coup d'œil sur les monuments pour s'assurer d'un athéisme volontaire et solidement corseté. Exemple :

Si Ton Âme, ô Sapho, n'accompagne la mienne,
Ô chère et noble Amie, aux ignorés séjours,
Je ne veux pas du Ciel ! Je veux, quoiqu'il advienne,
M'endormir comme Toi, sans réveil, pour toujours.

Ces vers, héroïquement chevillés, d'un vieux bas-bleu millionnaire, sur la charogne de sa chienne aimée, en disent assez et même un peu plus. Mais la zoologie sauve tout. Il ne tient qu'aux visiteurs de se croire dans un jardin. Pour ce qui est de « la forme absolument prohibée des sépultures humaines », tout ce qu'on en peut dire, c'est que cette clause est une bien jolie blague. Un myope, incapable de déchiffrer les inscriptions et non averti, pensera nécessairement qu'il est dans un cimetière, païen à coup sûr et fort bizarre, mais humain et on ne voit pas ce qui pourrait le détromper. Il y a là des monuments grotesques et coûteux dont le ridicule n'a rien d'excessif ni d'humiliant pour la meilleure compagnie et qui conviendraient parfaitement aux carcasses des gentilshommes les plus distingués. Les épitaphes, il faut l'avouer, ne laissent aucun doute, mais seulement les épitaphes.

La monotonie des « regrets éternels » est un peu fatigante. La formule de fidélité, plus canine que les chiens eux-mêmes : « Je te pleurerai toujours et ne te remplacerai jamais » surabonde péniblement. Néanmoins le visiteur patient est récompensé.

« Ma Ponnette, protège toujours ta maîtresse. – Kiki, Trop bon pour vivre. – Drack, Il nous aimait trop et ne pouvait vivre. – Linda, Morte d'attachement, de fidélité, d'intelligence et d'originalité. – (Au-dessous de deux niches). Le destin qui les unit sur terre les réunit dans le néant. – (Au-dessous d'une tente militaire). Produit d'une collecte d'artilleurs. – Sur ton corps le printemps effeuillera des roses. – Elle était toute notre vie. – À Folette, Ô ma mignonne tant aimée, De ma vie tu fus le sourire. Quelle épitaphe pourrait dire Combien mon cœur t'aura pleurée ? – La brutalité des hommes a mis fin à notre amour ». – Et celle-ci, oh ! celle-ci : « Mimiss, sa mémère à son troune-niouniousse ! »

On ne saurait trop recommander un monument glorieux qu'on pourrait croire celui d'un Desaix ou d'un Kléber, et je ne sais quel chapiteau colossal au centre duquel se voit un énorme cœur en ex-voto blasonné du nom d'un chien en lettres d'or. Il y a aussi des couronnes de marquis, de comtes, de vicomtes, un tortil et même une couronne fermée surmontée de la croix, prohibée pourtant. Mais on ne refuse rien aux princes et on est dans la pourriture aristocratique des chiens, à plusieurs millions de lieues des prolétaires.

On est forcé de se demander si la sottise décidément n'est pas plus haïssable que la méchanceté même. Je ne pense pas que le mépris des pauvres ait jamais pu être plus nettement, plus insolemment déclaré. Est-ce l'effet d'une idolâtrie démoniaque ou d'une imbécillité transcendante ? Il y a là des monuments qui ont coûté la subsistance de vingt familles ! J'ai vu, en hiver, sur quelques-unes de ces tombes d'animaux, des gerbes de fleurs dont le prix aurait rassasié cinquante pauvres tout un jour ! Et ces regrets éternels, ces attendrissements lyriques des salauds et des salaudes qui ne donneraient pas un centime à un de leurs frères mourant de faim ! « Plus je vois les hommes, plus j'aime mon chien », dit le monument à Jappy, misérable cabot bâtard dont l'ignoble effigie de marbre crie vengeance au ciel. La plupart de ces niches sans abois sont agrémentées, pour la consolation des survivants, d'une photographie du pourrissant animal. Presque toutes sont hideuses, en conformité probable avec les puantes âmes des maîtres ou des maîtresses. « Les attractions, a dit Fourier, sont proportionnelles aux destinées. »

Je n'ai pas eu le bonheur d'assister à un enterrement de 1re classe. Quel spectacle perdu ! Les longs voiles de deuil, les buissons de fleurs, les clameurs et les sanglots de désespoir, les discours peut-être. Malheureusement, il n'y a pas de chapelle. Avec un peu de musique, la Marché funèbre de Beethoven, par exemple, il m'eût été facile d'évoquer le souvenir des lamentables créatures à l'image de Dieu portées, après leur mort, dans les charniers de l'Assistance et enterrées à coups de souliers par des ivrognes.

« Toute caisse contenant un animal mort », dit l'article 9 du Règlement déjà cité, « sera ouverte, pour vérification, à son entrée au cimetière ». Ce très-sage article a, sans doute, prévu le cas où quelque putain richissime y voudrait faire enterrer son père.

CONCLUSION

Iota unum.
Évangile selon Saint Matthieu.

– Votre livre, m'a dit un malheureux, n'est rien auprès de la réalité.

Je le sais. Le mal de ce monde est d'origine angélique et ne peut être exprimé dans une langue humaine. La Désobéissance d'abord, le Fratricide ensuite. Voilà toute l'Histoire. Mais qui connaît la mesure ? En supposant même qu'un homme extraordinaire, un Moïse, ou un Ézéchiel, eût pu entrevoir le prodige inconcevable de la Liberté de l'homme victorieuse de la Volonté divine, tout lui manquerait pour raconter cette tragédie.

Le seul monstre de l'Avarice déconcerte la raison. Celui des Apôtres qui fut particulièrement investi de l'enseignement des nations a dit que l'avarice est l'Idolâtrie même. L'Esprit-Saint qui parlait en lui nous a laissés sur le bord de ce gouffre où nul ne peut descendre. L'Avarice qui tue le pauvre est inexplicable autant que l'Idolâtrie. Or l'Idolâtrie, je l'ai dit ailleurs, c'est de substituer le Visible à l'Invisible, ce qui est bien certainement le plus monstrueux, le plus incompréhensible des attentats.

Sans doute l'avare moderne, propriétaire commerçant ou industriel, n'adore pas des sacs d'écus ou des liasses de billets de banque dans une petite chapelle et sur un petit autel. Il ne s'agenouille pas devant ces dépouilles des autres hommes et ne leur adresse pas des prières ou des cantiques dans l'odorante fumée d'un encensoir. Mais il proclame que l'argent est l'unique bien et il lui donne toute son âme. Culte sincère, sans hypocrisie, sans lassitude, sans reniement. S'il dit, dans la bassesse de son cœur et de son langage, qu'il aime l'argent pour les délices qu'il procure, il ment ou il se trompe lui-même horriblement, cette affirmation étant démentie, à l'instant même où il la profère, par chacun de ses actes, par les travaux et les tourments infinis auxquels il se condamne volontiers pour l'acquisition ou la conservation de cet argent qui n'est que la figure visible du Sang du Christ circulant dans tous ses membres.

Loin de l'aimer pour les jouissances matérielles dont il se prive, il l'adore en esprit et en vérité, comme les Saints adorent le Dieu qui leur fait un devoir de la pénitence et une gloire du martyre. Il l'adore pour ceux qui ne l'adorent pas, il souffre à la place de ceux qui ne veulent pas souffrir pour l'argent. Les avares sont des mystiques ! Tout ce qu'ils font est en vue de plaire à un invisible Dieu dont le simulacre visible et si laborieusement recherché les abreuve de tortures et d'ignominies.

La lettre de change, le billet à ordre, inventé, dit-on, par les Juifs du Moyen-Âge, mais dont l'origine est beaucoup plus ancienne, puisqu'il remonte pour le moins au « chirographe » de Tobie, représente la double contrition de l'avare qui se désole de ne pouvoir le payer à l'échéance ou d'être forcé, en le payant, de se dessaisir. Dans le second cas, ce dévot quitte Dieu pour Dieu, manœuvre tactique recommandée par les directeurs de conscience.

Oui, c'est vrai, je suis resté fort au-dessous de ma tâche. Le mal procuré par l'avarice est tout à fait indicible, humainement irrémédiable. Tout ce qu'on peut faire c'est d'aggraver la damnation de Caïn en lui mettant sur la tête, le sang de son frère. Et tout ce que peut faire le riche – si le démon lui restitue son âme – c'est de renoncer à ses richesses. Car il faut indispensablement que l'Évangile s'accomplisse et que le Royaume du Pauvre soit constitué. C'est celui-là et non pas un autre qui est demandé dans l'Oraison Dominicale : Adveniat regnum tuum. « Lorsque vous prierez, vous prierez ainsi », a dit le Seigneur. Vendez et donnez, renoncez à tout ce que vous possédez », paroles strictes et ineffaçables que la lâcheté chrétienne, les jugeant trop héroïques, s'efforce de raturer sacrilègement au moyen de l'ignoble et jésuitique distinction du précepte et du conseil qui met l'Évangile dans la boue depuis trois cents ans.

On a demandé souvent ce que pouvait bien être l'Iota du Sermon sur la Montagne, lequel iota doit subsister et s'accomplir avant que passent le ciel et la terre. Un enfant répondrait à cette question. C'est précisément le Règne du Pauvre, le royaume des pauvres volontaires, par choix et par amour. Tout le reste est vanité, mensonge, idolâtrie et turpitude.

Et maintenant, que les renégats et les imbéciles m'accusent tant qu'ils voudront de révolte ou d'anarchie ! J'ai prévu et désiré cet incomparable honneur d'avoir contre moi tous les ventres qui sont en haut et tous les cœurs qui sont en bas. Les tumultes les plus énormes de la haine ou de la colère ne couvriront pas pour moi le gémissement effroyable que voici :

Le ciel n'est pas fait pour des pauvres gens comme nous.

Jusque dans la mort je me souviendrai d'avoir entendu ce sanglot ! La misère, le sentiment de la misère pouvant être comparé au « ver qui ne meurt pas ! »

— Je n'ai pas le droit de toucher à la fortune de mes enfants, répond le riche. — Que leur laisseras-tu donc, misérable, à ceux que tu nommes audacieusement tes enfants ? Cette richesse que tu prétends être la leur et qui ne t'appartient pas plus qu'eux-mêmes, à l'instant où tu parles, elle est éprouvée dans la fournaise. Ton argent de sang et de larmes est éprouvé par le feu qui manque aux enfants des pauvres, quand il gèle. Celui-là seul qui a les Mains percées a le droit de parler de ses enfants et le pouvoir de leur donner quelque chose après sa mort. Toi, tu ne peux léguer aux prétendus tiens que la honte d'être riches et le devoir de restituer.

Paroles en vain, une fois de plus, j'en ai grand'peur, mais paroles quand même de vie et de mort. Fût-ce dans le désert, celui qui parle de la pauvreté amoureusement doit pouvoir susciter des multitudes pour l'entendre, comme le Souffle du Seigneur qui rendait la vie aux ossements arides et poussiéreux d'Ézéchiel. Car la Pauvreté n'est pas moins que l'Épouse du Fils de Dieu, et quand se feront ses noces d'or, les Va-nu-pieds et les Meurt-de-faim accourront des extrémités de la terre pour en être les témoins.

Vous savez cela, ô Reine Juive, Mère du Dieu Très-Pauvre que les bourgeois de Bethléem ne voulurent pas accueillir et qui mîtes au monde, sur la paille des animaux, Votre adorable Enfant. Vous savez ce que lui a coûté seulement le Voile de cette Épouse magnifique dont les cheveux de lumière ont flotté, vingt siècles, sur tous les tombeaux des Saints, de l'Orient à l'Occident. Mieux que personne Vous savez aussi que c'est pour Elle seule que Jésus est mort. Quant à la haine de cet Enfant pour les richesses, il n'y a que Vous qui pourriez dire qu'elle est juste aussi grande que sa Divinité même et que cela ne peut se traduire dans aucune langue.

Je Vous confie donc ce livre écrit par un pauvre à la gloire de la Pauvreté. S'il s'y trouve de l'amertume, Vous y mêlerez Votre Douceur, et s'il s'y trouve de la colère, Vous l'atténuerez par Votre Tristesse. Mais, ne l'oubliez pas, je suis le contemporain de Votre Apparition sur la Montagne des Larmes. Je fus mis, alors, sous Vos pieds. À ce titre, Votre Indignation et Vos Sept Glaives m'appartiennent. Les chaînes de bronze qui ont été vues sur Vos Épaules, Vous me les avez laissées en partant et voilà soixante-trois ans que je les traîne par le monde. C'est leur bruit qui importune les lâches et les dormants. Si c'est possible encore, faites-en un tonnerre qui les réveille décidément pour la Pénitence ou pour la Terreur, – ô Étoile du Matin des pauvres, qui « rirez au Dernier Jour ! »